Um banto em Washington

seguido de Um banto em Djibuti

Célestin Monga

Um banto em Washington

seguido de Um banto em Djibuti

Tradução
Estela dos Santos Abreu

martins
Martins Fontes

Publisher *Evandro Mendonça Martins Fontes*
Coordenação editorial *Anna Dantes*
Produção editorial *Alyne Azuma*
Preparação *Denise Roberti Camargo*
Revisão *Ana Luiza Couto*
Dinarte Zorzanelli da Silva

Dados Internacionais de Catalogação na Publicação (CIP)
(Câmara Brasileira do Livro, SP, Brasil)

Monga, Célestin

Um banto em Washington, seguido de um banto em Djibuti / Célestin Monga ; tradução Estela dos Santos Abreu. — São Paulo : Martins Martins Fontes, 2010.

Título original: Un Bantou à Washington : suivi de Un Bantou à Djibouti.

ISBN 978-85-61635-75-6

1. Banto — Washington (D.C.) — Costumes 2. Camaroneses — Djibouti 3. Camaroneses — Washington (D.C.) — 1990- 4. Economistas — Estados Unidos — Biografia 5. Economistas — República de Camarões — Biografia 6. Monga, Célestin 7. Monga, Célestin — Viagens — Djibuti 8. República de Camarões — Política e governo — 1982 I. Título.

10-07262 CDD-320.96711092

Índices para catálogo sistemático:
1. Economistas : República de Camarões : Biografia 320.96711092

Sumário

I – Um banto em Washington 9

II – Um banto em Djibuti 83

Ambiências 85

Vertigens 99

Errâncias 117

Visões 125

Inquietações 143

Para Maélys e Kephren

A Richard Nouni, Richard Bona e Lokua Kanza

A todos cujo sacrifício me fez sentir o aqui e o agora

I

Um banto em Washington

"Viver é ser outro."
FERNANDO PESSOA, *Livro do desassossego*

A publicação de *Um banto em Djibuti*, escrito há vinte anos, não me valeu apenas insultos e impropérios. Houve também leitores e críticos que apreciaram e apoiaram o pequeno livro, de tiragem restrita, com um entusiasmo que lhe prolongou a vida, a despeito das imperfeições da primeira edição. Outros, menos numerosos mas bem barulhentos, nele encontraram motivos de cólera e resquícios de um pedantismo que eu não percebera. Tudo muito normal, aliás. Convém que a obra de criação pertença àqueles a quem é destinada. Reivindicar apenas minha liberdade de olhar e meu direito à subjetividade teria sido uma resposta grandiloquente demais para tais donos da verdade e para as almas sensíveis que minha impertinência tanto havia incomodado. Não. Só me cabia decentemente afirmar como Borges que o autor nada mais é que uma hipótese, ou lembrar a ideia de Schopenhauer sobre o livre-arbítrio, que, para ele, não passa de ilusão.

Embora leve a sério o meu trabalho, fico sempre admirado com o interesse e o entusiasmo, por vezes frenético, que ele provoca. Um livro tem vida própria, na qual o autor não tem o poder de influir. Tal um ser vivo, torna-se rapidamente autônomo, segue seu caminho, tece relações e provoca de modo soberano lealdades ou inimizades. Aliás, parece-me meio incestuoso o autor bancar o exegeta do próprio texto. E, embora soe muito pretensioso, sinto-me tentado a dizer, como Federico Fellini, que não sou responsável por meus escritos e declarações...

A reedição deste livro me oferece, contudo, a oportunidade de especificar o contexto em que foi gerado e de traçar rapidamente alguns marcos do meu itinerário intelectual nos últimos vinte anos. Não por narcisismo nem por gosto de aparecer, mas porque muitas pessoas que me dão a honra de acompanhar o meu trabalho têm feito perguntas legítimas quanto à minha trajetória: não se passa impunemente das andanças niilistas às margens do mar Vermelho para os corredores atapetados da sede do Banco Mundial em Washington! Alguém que se apresentava como filósofo desiludido diante da inutilidade da ação humana, qual discípulo de Cioran, e que, anos depois, surge propondo análises macroeconômicas sobre as causas do desemprego na Letônia e estratégias de políticas orçamentária e monetária para a Armênia deixa qualquer um desorientado. Parece uma incoerência estrutural, uma incompatibilidade sintática no percurso intelectual, um déficit de credibilidade.

Lembro, por exemplo, de um artigo que Stephen Smith, jornalista do *Le Monde*, escreveu assim que assumi meu cargo no Banco Mundial. Era um retrato ácido sob o ingênuo título "Cólera que esfriou", espécie de alusão irônica ao nome do meu livro *Anthropologie de la colère* [Antropologia da cólera]. Em síntese, o jornalista explicava que eu havia "traído a causa" de minhas lutas ao aceitar emprego numa instituição que não goza de boa fama na África... A crítica, por mais pérfida que seja, é uma bênção se provocar a reflexão sobre si mesmo, se "sacudir o coração", como diz um provérbio japonês. Como todos os que escrevem e enfrentam o risco de se expor mentalmente, com o tempo aprendi a criar uma couraça de indiferença perante os elogios e críticas exagerados, em geral arbitrários. Também nesse ponto, a convivência intelectual com Cioran e Sony Labou Tansi me serviu de vacina e de proteção contra o complexo de inutilidade.

Mantive sempre um princípio: nunca responder a uma interpelação pública que tenha ares de gesticulação polêmica. Esse princípio não é ditado por orgulho nem por desprezo pelas opiniões dos outros – meu ego não é tão grande a ponto de me deixar vacinado contra os prazeres do erro. O princípio que faz com que eu não embarque em debates inúteis vem da minha certeza de não ser dono de nenhuma verdade. Não tenho o privilégio de conversas particulares com Deus. Logo, nunca recebi nenhuma confissão ou revelação e não sei o número do celular de Jesus Cristo. Como qualquer cidadão africano, continuo a procurar diariamente respostas para as perguntas que assaltam nossa consciência e nossa responsabilidade. Por isso, as afirmações que vêm a seguir – notas de um percurso ao mesmo tempo atípico e banal – não buscam responder, com anos de atraso, aos que me deram a honra de indagar sobre meu itinerário e minhas escolhas, nem discutir ou justificar minha subjetividade. São apenas uma perspectiva – e talvez ajudem a esclarecer o contexto de uma reflexão que nunca pretendeu ser um produto acabado. Embora não deva explicações a ninguém sobre meu percurso pessoal e minhas escolhas, não esqueço que o apoio e a generosidade de muitos desconhecidos em todo o mundo me ajudaram a escapar à violência e a uma morte antecipada (voltarei a esse ponto).

DUALA: A TIRANIA DO ESPELHO

Quando escrevi *Um banto em Djibuti*, há quase vinte anos, eu trabalhava como banqueiro em Duala. A sorte de ter sido chamado, aos vinte e seis anos, a exercer funções de direção na mais importante instituição financeira do meu país convivia em mim com a consciência da injustiça desse percurso. Tinha presente o sacrifício dos pobres camponeses meus conterrâneos cujos impostos contribuíram para pagar meus estudos e sentia a necessidade de me mostrar digno do milagre que eu encarnava num país onde a maioria dos diplomados da minha idade não tinha emprego, pertencia a gangues ou vivia no exílio. Mas conciliar diariamente a ambição de servir de modo útil a meu país com as exigências do silêncio e da inação que as grandes empresas africanas esperam de seus dirigentes logo se tornou uma posição insustentável. Sobretudo porque, como membro da direção de uma instituição cujo capital era majoritariamente detido pelo Estado, esperava-se de mim, no mínimo, uma aprovação tácita de práticas noturnas por meio das quais os recursos públicos serviam para financiar fortunas de particulares. Segundo os usos do direito público na República de Camarões, toda a sociedade era regida ao sabor diário das fantasias do ditadorzinho local. Eu não tinha o cinismo necessário para aceitar tal coisa. Embora alguns parentes e amigos se sentissem orgulhosos de me ver participar do governo e salientassem a minha sorte em ter esse cargo, não estava disposto a me conformar com a desordem vigente. Sentia-me em desacordo comigo, como se estivesse exilado em minha própria alma.

O que mais me preocupava era a convergência de silêncios que pesavam sobre o país. Silêncio social ligado a uma espécie de pudor mal situado: nossas sociedades não gostavam de falar de si. Silêncio político causado pela falta de ideias novas, característico do debate público numa elite obcecada pelo poder e pelo prazer. Silêncio acadêmico porque os que elaboravam os programas escolares e universitários viviam presos a velhos complexos coloniais. A junção desses silêncios não nos deixava ver que nossas dificuldades econômicas e políticas eram apenas o reflexo de uma crise mais profunda dos sistemas sociais e, portanto, de cada um de nós. Em tal contexto, minha vida diária fora do escritório consistia em suportar o peso vazio das coisas, em explorar com dificuldade o vasto silêncio em que todos nós estávamos mergulhados, em ver as crianças correrem descalças na lama ou na poeira, em admirar a sombria esperança das vendedoras de frutas expostas nas calçadas sujas ou a elegante desenvoltura dos camelôs ilegais a quem os jornais prometiam cinicamente um futuro melhor.

No íntimo, eu vivia a dor de trazer os outros dentro de mim e de me ver no comportamento dos outros. Avaliava a intensidade e a tirania desse espelho invisível no qual se organizava o meu cotidiano. Dois assuntos me preocupavam acima de tudo. Primeiro, a violência dos conflitos silenciosos no seio das famílias, entre pais e filhos, e a desagregação generalizada dos casais. Não precisava de estatísticas para medir a extensão do desastre. Havia uma espécie de ideologia do *familialismo* que justificava a exploração egoísta e caricatural das relações familiares e das dinâmicas de grupo com fins individualistas e sectários. Essa ideologia existia nas relações de poder dentro das famílias, entre homens e mulheres, gerações e linhagens. Tinha evidentemente uma longa história, alimentando-se anos a fio de traumatismos históricos que não haviam sido registrados, de disfunções geradas pela pauperização e da implosão das referências culturais e filosóficas.

Em torno de mim, as famílias estavam muito desumanizadas pela interiorização da consciência da pobreza material ou preocupadas até a obsessão com a síndrome da miséria. Logicamente, o fim justificava os meios. Uma conduta recorrente que me parecia o sintoma dessa indigência psicológica coletiva era o mau tratamento que as famílias davam a seus doentes. Fechadas no fatalismo que governava as consciências, raramente visitavam os parentes hospitalizados. Em compensação, quando eles faleciam, carentes de amor e de cuidados, era armado um verdadeiro carnaval: todos manifestavam de forma espalhafatosa sua compaixão. Organizavam enormes grupos de carpideiras, fechando as ruas do bairro ou da cidade como prova de tristeza. Compravam o melhor traje e o caixão mais caro para o enterro. Nas cerimônias fúnebres não eram oferecidos apenas noz-de-cola ou vinho de palma, mas eram de praxe o vinho tinto, o uísque e o champanhe. Gastavam milhões com bufês para orgias coletivas. Alguns chegavam a se endividar para animar o espetáculo. Porque, em vez de celebrar de fato a memória dos falecidos, era a ocasião de mostrar a toda a aldeia que a família não era uma qualquer e que "um grande não é um pequeno". Essa estranha economia da morte confirmava a extravagância de nossas prioridades.

O outro motivo de meu desconforto era o sentimento de encontrar nos jovens da minha geração todos os defeitos de que eu queria me livrar e de constatar que muitos deles ainda se sentiam pior do que eu. Atribuía esse desconforto de massa à ineficiência do sistema educacional, que praticamente permanecia o mesmo desde a época colonial. Sua principal tarefa permanecia a de produzir funcionários semianalfabetos a quem eram conferidos diplomas puramente decorativos para torná-los ajudantes da pós-colônia. Um amigo a quem me queixei um dia da incongruência dos programas escolares respondeu-me com bastante cinismo que eu devia estar feliz de, apesar de "tão jovem" e mesmo sendo considerado "notório opositor do regime", ter meus textos incluídos nos programas de ensino. Aliás, ouvi o mesmo raciocínio anos mais tarde quando esse governo, que me mandara prender várias vezes por causa de meus escritos, propôs, como tema de francês no exame do *baccalauréat*, a análise de um desses textos.

A debilidade do sistema educacional aparecia com maior clareza porque a produção de ideias tardava a libertar-se da pesada herança filosófica da colonização e da luta contra a opressão. Resistindo a examinar o nacionalismo e suas obsessões ideológicas, muitos pesquisadores permaneciam presos a uma dicotomia estéril: ou concentravam seus esforços em proclamar uma indignação superficial contra os antigos colonos, sobretudo franceses, ou buscavam apenas imitar a ação dos antigos opressores. Resultado: o que deveria ser uma reflexão se confundia quase sempre com as contingências da cólera histórica e da necessidade de seduzir. Eu percebia que o passado colonial havia deixado fundas cicatrizes na alma de muitos intelectuais africanos. Mesmo quando se julgavam emancipados, continuavam, sem saber, prisioneiros dos fantasmas dos outros. Só se valorizavam no olhar do outro, do senhor. Existiam apenas na escala do desprezo que os cercava. Tinham internalizado a tal ponto a humilhação que abdicavam da própria humanidade sem ter consciência disso.

Quanto aos espíritos revoltados que se engajavam na ação direta (política ou social), muitos cediam à superficialidade e ao mimetismo. Ao recusar a premissa de um pensamento endógeno legitimado por nossas especificidades, eles reproduziam os esquemas mentais e de ação vigentes no Ocidente. Criavam, por exemplo, inúmeras organizações não governamentais cujo objetivo, estatutos e modo de funcionamento eram cópia do que haviam visto em outros países. Isso apaziguava a consciência – mas não trazia soluções eficazes para nossos problemas. Os raros intelectuais que me pareciam perceber com clareza a situação trabalhavam quase sempre sós. Fechados em suas minúsculas torres de marfim, comunicando-se pouco com os outros e executando cada um sua partitura, eram como peças isoladas e pouco escutadas. Numa espécie de glória solitária e sem prestígio, contentavam-se com ficar no seu canto.

A República de Camarões parecia o espelho quebrado de minhas ambições ingênuas, como o resumo de uma África paralisada num trágico cara a cara: de um lado, o hedonismo e o cinismo da pequena elite que tirava vantagem da situação; do outro, o autopessimismo e o niilismo da gente pobre. Pensava no poeta Novalis, para quem cada inglês é uma ilha. Sem dúvida, ele teria dito que cada africano é uma floresta. Considerados individualmente, meus compatriotas pareciam capazes de criatividade, estoicismo e genialidade. Mas, juntos, éramos marcados por uma dose de paranoia que fomentava nossa necessidade de autodestruição. Esse desconforto psicológico explicava a meus olhos os altos níveis de insegurança individual e de agressividade, a propensão coletiva ao ciúme em relação às elites e o gosto pelo nivelamento por baixo. Dominados pelo passado, os grupos sociais majoritários – jovens, desempregados, camponeses – já não acreditavam em nada, subjugados pelo medo, atacados pelo complexo de vítima, convencidos de que o africano é um homem maldito. Nessas condições, sua alegria de viver chegava a ser deprimente.

Os dois lados concordavam em certas urgências: a libertação dos desejos e a corrida desenfreada pelos prazeres imediatos, pelo enriquecimento fácil e pela destruição. Embora alguns padres, religiosos, imames e outros cruzados pregassem o ascetismo, nem eles punham em prática seus preceitos. Por isso, mantinha-se freneticamente o culto dos prazeres sexuais mais insensatos, adornados até de virtudes místicas. As fantasias coletivas concentravam-se na sofisticação das técnicas de gozo. O discurso público sobre a sexualidade era marcado pela hipocrisia, a sociedade tentando valorizar um *corpus* ético cheio de tabus sobre o assunto. O sexo era apresentado como o vetor por excelência da procriação. Reduziam-no ao casamento e às obrigações conjugais, atribuíam-lhe grande significado espiritual. O Estado pregava a austeridade sexual e haviam sido votadas leis para permitir que as autoridades se infiltrassem na vida privada do cidadão. Era cultivada assim uma desconfiança oficial em relação aos prazeres julgados não convencionais; insistiam nos seus efeitos corrosivos sobre a alma e o destino de cada um. Os cidadãos eram advertidos contra tudo o que podia ser considerado uma democratização intolerável das práticas sexuais "contranatura".

Na prática, porém, a sexualidade era enunciada sobretudo como moda *do poder*, rito de passagem para aceder aos círculos dirigentes, seita muito ativa. Às vezes, ela parecia o passaporte indispensável para galgar os escalões da alta administração ou para ganhar dinheiro. A anatomia como arma de poder. Para fazer carreira em certas empresas, muitas jovens deviam ceder às fantasias sexuais do chefe. Na universidade e nas escolas, certas estudantes se ofereciam aos professores para conseguir aprovação nos exames. De fato, as tentativas autoritárias de moralização da sociedade através da regulamentação da atividade sexual refletiam a politização do sexo e a sexualização da política. O sexo era instrumentalizado como ferramenta de seleção, de exclusão e de dominação, como vetor de poder. Sexismo e homofobia serviam assim para exorcizar o medo daquele outro que vive escondido em cada um de nós. Agiam como "preservativos" para proteger determinado conceito de virilidade.

A fim de abafar a cólera e o desespero, só nos restava dançar freneticamente nossas músicas da floresta, abusar de nossas bebidas falsificadas e aplaudir as virtudes dos "Leões Indomáveis", o time nacional de futebol. Como Paul Groussac, eu me admirava de acordar toda manhã ainda me sentindo são de espírito, apesar do labirinto de pesadelos e de zonas sombrias da noite. Nesse contexto, o escrever era o meio de procurar um jeito para a minha vida e de evitar a loucura. Compromisso aceitável que me protegia das obsessões, sem, contudo, me dopar. Mas, entre o hedonismo caricatural das elites às quais eu aparentemente pertencia e o fatalismo da multidão, sentia-me sempre ameaçado: como, em tais condições, pensar a África depois dos fantasmas de Ruanda e das crianças mutiladas da Libéria ou de Serra Leoa? Como sobreviver à "pulsão genocida" e à tentação de mutilar as crianças que muita gente da nossa terra parecia ter? Como pensar nos países onde há fome?

Logo, para continuar a existir, era preciso encontrar subterfúgios. A amizade e o idealismo humorístico de alguns amigos me davam ânimo. O apoio estimulante de intelectuais meus conterrâneos bastante conhecidos no estrangeiro, como Mongo Beti, Ambroise Kom, Jean-Marc Ela ou Fabien Eboussi Boulaga, servia-me de talismã, invisível mas protetor. A fraternidade calorosa que Achille Mbembe – na época professor na Columbia University – demonstrava por mim foi também de grande ajuda. Assim como o incentivo que recebia espontaneamente de alguns clientes, de vários jovens, estudantes, camelôs e desconhecidos anônimos com quem eu cruzava na rua. Sentia então a ilusão fugaz de ser útil simplesmente fazendo "bem" o meu trabalho. Porque, afinal, para um africano, a ambição de excelência é uma atitude altamente subversiva. Mas logo percebi que essas manifestações generosas me proporcionavam satisfação efêmera: minha ação não passava de um grão de sal no oceano. Aquela República de Camarões, metáfora sensível de determinada África, ia por água abaixo. Por trás da ilusão de estabilidade política proclamada pelas autoridades e seus defensores externos, fermentava uma enorme e silenciosa cólera. Ela alimentava a loucura coletiva e trazia os germes de uma conflagração violenta, cujo segredo só este continente conhece. A partir daí, o ingênuo consolo de ganhar confortavelmente a vida e de ter o sentimento do dever cumprido no meu grande gabinete estofado de Duala pareceu-me um ridículo tapa-sexo para a minha consciência.

A publicação do meu primeiro livro sobre o país (*Cameroun: quel avenir?*, Paris: Silex, 1986) [República de Camarões: qual futuro?], anos antes enquanto eu estudava em Paris, servira como amostra do que me esperava. O livro foi evidentemente proibido. A polícia política logo abriu um processo "Agente Subversivo" com meu nome e distribuiu fichas vermelhas por todos os aeroportos nacionais para eu ser detido como qualquer malfeitor. Até aí nada de novo. Eu estava ciente desse risco. Em compensação, a reputação que esse modesto trabalho me conferiu quase instantaneamente no microcosmo político-intelectual me aborreceu muitíssimo. Por toda parte, atribuíam-me o mesmo modo de ser de indivíduos com quem eu não tinha nada a ver. De um lado, o tom pouco otimista da minha crônica da vida política nacional logo foi assemelhado ao epicurismo primário das elites. Comecei a receber manifestações indesejáveis de apoio de leitores me explicando que *Cameroun: quel avenir?* os ajudava a justificar o fatalismo e o desânimo que sentiam. De outro lado, alguns pseudoanarquistas que recorriam à violência para promover suas ambições egoístas pretendiam ter-se inspirado em meus escritos. Longe de me agradar, essa popularidade equivocada mostrava que meu niilismo poderia ser deturpado por gente mal-intencionada. Para preservar minha tentativa de equilíbrio, eu me dopava com poemas de Paul Dakeyo, com trechos de Cioran, com as memórias de Pablo Neruda e, sobretudo, com as canções zulus de Ladysmith Black Mambazo, que pareciam aterrorizar alguns vizinhos europeus quando eu as escutava no meio da noite.

Djibuti: a plenitude do vazio

Várias vezes me perguntaram por que escrevi *Um banto em Djibuti*. Por vários motivos, porém o mais importante está ligado à minha vida de banqueiro em Duala, onde o hedonismo superficial e o sadomasoquismo de muitos de meus compatriotas faziam com que encontrassem o êxtase no horror. Para mim, havia como uma incompatibilidade sintática naquele niilismo alegre e delirante que protegia das maldições do cotidiano. A ideia da morte parecia-me prestigiosa, mas acalentar a tentação do suicídio teria sido confissão de fraqueza – sinal de uma esperança culpada. Sem conseguir definir com clareza, eu sentia necessidade de algo mais.

Djibuti foi primeiro para mim a descoberta do vazio, de sua plenitude e beleza nua e estoica. Eu tinha ido até lá em busca de mim, carregando um resíduo de impaciência em relação à minha vida. Tive a oportunidade de descobrir, espantado, que devia aceitar essa parte incoercível do nada que cada qual carrega consigo. Pois, durante toda a minha estada e independentemente da qualidade da acolhida que me deram os amigos, eu vivia constantemente esses "intermináveis instantes" de que fala Octavio Paz quando evoca a infância:

> Ouvir o próprio choro no meio da surdez universal... Não é uma ferida, é como um vazio, um buraco. Quando penso em mim, eu o toco; ao apalpar meu corpo, é ele que eu apalpo. Sempre estranho, sempre presente, ele nunca me larga; presença sem corpo, muda, invisível, testemunha perpétua de cada um de meus gestos. Ele não me fala, mas eu, em certos momentos, ouço muito bem o que me diz o seu silêncio: naquele dia, começaste a ser tu mesmo; ao me descobrir, descobriste tua ausência, teu próprio vazio: descobriste a ti. Agora, tu sabes: és uma carência, uma busca (*Itinéraire* [Itinerário], Paris, Gallimard, 1996, p. 25).

Minha estada foi uma experiência da solidão. Não daquela que se pode afastar com conversas, visitas aos conhecidos, divertimentos ou distrações, mas daquela mais dissimulada e insidiosa que se manifesta de modo inesperado. Diante de uma enigmática paisagem desértica, por exemplo, na rua ou em casa de amigos, havia momentos em que tudo parecia desaparecer de repente, ou perder completamente o sentido. Como o Dorian Gray de Oscar Wilde diante de seu famoso retrato, eu tinha a impressão de que as imagens que me apareciam cotidianamente eram instáveis, sempre vacilantes, provocando e perturbando minha percepção do real, revelando-me aquela solidão vertiginosa que eu arrastava desde a infância. Apesar de meu fascínio pela estranheza daquele lugar tão diferente de meu ambiente, parecia que minha vida era absolutamente insignificante. Percebia o vazio em mim e em torno de mim e avaliava a banalidade tanto quanto o caráter extraordinário dos curtos instantes que era preciso ir emendando para matar o tempo. Preocupado como eu vivia com a busca de sentido, Djibuti me oferecia um esboço de conclusão: aquela busca não tinha sentido. Os camponeses afares ou issas que eu encontrava pelos caminhos haviam entendido tudo: os vaticínios teóricos e as reflexões ontológicas que me valiam noites em claro eram uma corrida inútil para o nada de minha própria consciência. Era preciso suicidar-me ou aceitar o meu futuro. A primeira opção não seria um ato de bravura e sim de ingenuidade, pois fundado na ilusão de um mundo melhor após a morte. Logo, a segunda se impunha, na falta de uma melhor.

Djibuti foi, portanto, a ocasião de entrever o alhures em mim, de saciar a necessidade de algo mais que eu e de contemplar algumas das múltiplas faces desta África que eu julgava conhecer intimamente, já que pensava trazê-la comigo desde que nascera. Em Duala eu vivia como preso metafisicamente. Nas margens do mar Vermelho, descobri a tranquila serenidade de não ter um objetivo na vida, de ter, como princípio a respeitar, a eternidade de um presente que era inútil tentar decifrar.

Foi também o começo da meditação sobre uma ética da diferença que minhas peregrinações pelo mundo alimentaram e enriqueceram. Um dos resultados dessa viagem foi aprender a aceitar com serenidade a nobreza de minha insignificância: descalço, pisando pedras quentes à beira do mar Vermelho, escutando o sussurro de suas ondas sob um céu de chumbo e me voltando em vão para encontrar um sinal de surpresa ou uma pequena cumplicidade no olhar impávido dos transeuntes, vi-me de repente num espaço mental indecifrável, no claro-escuro da consciência que é o "desassossego". Percebi que também eu tinha uma alma volátil, flutuante, incapaz de se prender verdadeiramente ao real. Pela primeira vez, estabelecera uma conexão com o vazio, do qual eu descobria a força e a plenitude. Poderia fazer minhas as palavras de Fernando Pessoa: "Cheguei hoje, de repente, a uma sensação absurda e justa. Reparei, num relâmpago íntimo, que não sou ninguém. Ninguém, absolutamente ninguém." (*Livro do desassossego*: composto por Bernardo Soares, ajudante de guarda-livros na cidade de Lisboa / Fernando Pessoa. São Paulo: Companhia das Letras, 2002, p. 257). Mas, de modo paradoxal, essa terrível constatação teve o efeito de me liberar completamente da angústia, de me forçar a aceitar a evanescência da vida, e de compreender melhor o caráter arbitrário dos sabores que atribuímos aos momentos que passam.

As conversas com amigos de Djibuti deixavam-me muitas vezes perplexo. O que, em suas afirmações, parecia *a priori* fatalismo era bem mais sutil que isso: era um profundo questionamento pessoal. Eles não precisavam ter lido Schopenhauer para chegar à conclusão de que a ideia do eu – e, por isso, do sujeito pensante – pertencia, se não ao delírio, pelo menos ao sonho. Passear por Djibuti, olhar o mar Vermelho e dizer "eu penso" soava como uma grave falta de gosto, um erro de posicionamento em relação à vida. Porque logo se ficava surpreendido com a pequenez do eu e a modicidade de toda reflexão. Era uma aprendizagem diária da irrealidade. Se fosse aceita a ideia de que o eu não existe, ficava-se livre de sua ditadura e da ilusão de que seria preciso trabalhar para torná-lo feliz.

Diante do despojamento e da serenidade do local, era necessário adotar uma postura neutra e seguir a recomendação de David Hume: dizer simplesmente "pensa-se" como se diz que faz calor ou frio, ou que está nevando. Caminhando pela beira da água e contemplando o enigma desse local cujo mistério tinha intrigado muitos viajantes antes de mim (Romain Gary, Arthur Rimbaud, Albert Londres, Joseph Kessel, Michel Leiris, Henry de Monfreid, Paul Morand, entre outros), vinham-me à lembrança as palavras de Cioran: "Se as ondas pensassem, iam crer que avançam, que têm um objetivo, que progridem, que ajudam o mar, e acabariam elaborando uma filosofia tão ingênua quanto o seu esforço" (*Ébauches de vertige*) [Esboços de vertigem].

Logo depois de meu retorno de Djibuti, a morte trágica de meu pai, bússola do meu dia a dia, agravou ainda mais a insaciável sede de absurdo que eu sentia. Ele, que me ensinara a aceitar a existência com uma confiança desesperada, a apagar a noção de fracasso social, desaparecia sem avisar. Descobri de repente que o sofrimento não vinha do mundo que me cercava e sim de um lugar mais distante, incrustado dentro de mim, em profundezas que eu não tinha forças para explorar sozinho. Para mim, tudo então perdeu o sabor. À noite, o barulho da chuva nos telhados de zinco soava como o próprio som da noite. No escuro, é como se ela me atormentasse a alma, a esvaziasse das poucas ilusões que me restavam e das quais nem tinha total consciência. Quantas lágrimas chorei depois de seu desaparecimento? Não sei. Continuei a sentir sua falta – às vezes de modo muito grave. As vicissitudes afetivas do meu país que tanto me faziam sofrer fisicamente se tornaram ainda mais insuportáveis.

A PRISÃO: VERTIGENS DA LUCIDEZ

Num dia de dezembro de 1990, lá pelo meio-dia, estava eu encafuado no meu gabinete de banqueiro, farto de redigir "relatórios de sondagem" e análises de balanços que eu sabia serem adulterados, quando não achei nada de melhor a fazer do que dar uma olhada no discurso que Paul Biya, o manda-chuva local, pronunciara na véspera na câmara de registros pomposamente designada como "Assembleia Nacional da República". Estava no "grande diário nacional", o *Cameroun Tribune*, que eu não costumava ler e que o escritor Mongo Beti chamava de "caricatura de uma sociedade náufraga". Embora sem sentir ódio por Paul Biya e sua patota, redigi em dez minutos um breve texto mal-humorado sob o título de "Carta aberta a Paul Biya". Telefonei então ao jornal *Le Messager*, semanário privado de Duala, e propus que fosse publicado. Coincidiu ser uma hora boa porque a redação estava fechando o número. Um motoqueiro veio buscar o artigo. Foi publicado no dia seguinte. E com manchete.

Como eu já havia sido preso sem julgamento várias vezes por causa de meus textos, conhecia bem o cheiro infecto das celas nas delegacias de polícia de Duala e não tinha vontade de voltar para lá. Conhecia a horrível face do arbítrio e da violência política. Lembrava-me das diversas formas de tortura física e moral que soldados analfabetos e embriagados infligiam aos detentos, bem como de toda a gama de humilhações – a que eu mais odiava era a obrigação de ficar nu, durante o dia todo no pátio da delegacia, e suportar o olhar pesaroso de cidadãos de todas as idades e classes sociais que por lá passavam. Era mais duro que as bordoadas, porque estas ocorriam em geral em recinto fechado, na intimidade do cara a cara com o carrasco. Logo, eu sabia que minha carta aberta me enviaria provavelmente para as salas escuras da delegacia especial e para as brumas de nossa história. Mas, tendo chegado a um estágio avançado de negação de minha humanidade, a dor e a morte me pareciam perspectivas melhores que uma existência humilhante.

Por isso, não me alarmei ao receber um telefonema no dia 28 de dezembro, às 5 da manhã, de um jornalista do *Le Messager* avisando que o exército tinha invadido a redação, saqueado tudo o que lá havia, prendido alguns empregados, destruído o material e recolhido todos os exemplares existentes. Um dos soldados dissera que eu não perdia nada por esperar, eu que ousara "arrastar o chefe do Estado à lama". O jornalista me sugeria que deixasse o país clandestinamente e fugisse para o mais longe possível, porque o furor expresso pelos soldados não deixava dúvida sobre o que me estava reservado se conseguissem me pegar. Escutei com paciência as sugestões do jornalista e decidi que havia chegado a hora de assumir meu destino. Em vez de preparar a fuga, fiz um chá de bergamota, pensando que talvez fosse o último luxo que a vida me oferecia.

Naquela sexta-feira, fui para o escritório bem preparado. Por toda a cidade corriam rumores sobre o que iria acontecer comigo. Vesti meu melhor terno, como para desafiar uma última vez os que viriam me passar as algemas e mostrar-lhes a língua antes da grande partida. Meus colegas mais curiosos procuravam pretextos para vir me espiar com olhares de papa-defunto, sem tocar no assunto daquela crônica de uma morte anunciada. Estranhamente não aconteceu nada naquele dia. Nada, a não ser que soldados uniformizados e outros à paisana haviam ocupado todo o prédio e também se postado diante da minha casa – não sem antes ter expulsado o coitado de um vizinho de sua velha casa. Olhávamo-nos em silêncio. Não havia nada a dizer.

A encenação durou praticamente quatro dias e quatro noites. Quase acreditei que, daquela vez, nem ia ser preso. Além do mais porque, no tradicional discurso à nação em 31 de dezembro, Paul

Biya proclamara soberanamente que já não era necessário um cidadão deixar o país por ter expressado suas opiniões. Era uma tirada de humor macabro: nessa mesma noite, quando voltava com minha família às cinco da manhã do *réveillon* organizado por um amigo, percebi que o porteiro da minha residência havia desaparecido e que a entrada estava escancarada. Logo compreendi que ele havia sido sequestrado. Assim que entramos, soldados armados até os dentes invadiram o jardim, bloquearam todas as saídas e esmurraram a porta como loucos. Mas, incompetentes como costumam ser os militares do meu país, se esqueceram de bloquear a linha telefônica. Foi a sorte. Um rápido telefonema a um de meus mentores, o escritor Mongo Beti, que vivia em Rouen, bastou para alertar quase no mesmo instante a mídia do mundo inteiro. Assim, às 6 da manhã, no instante em que me atiravam clandestinamente numa cela imunda da delegacia da polícia judiciária de Duala, a Radio France Internationale e a Agence France Presse divulgavam *flashes* de notícias relatando a minha prisão. O infeliz do delegado da polícia judiciária, que passara a noite em claro na frente da minha casa no seu velho Peugeot 504 a fim de montar discretamente a operação e se preparava para avisar seus superiores de que a missão fora realizada com toda a eficácia, deve ter engasgado de surpresa e raiva. Como a notícia se espalhara no estrangeiro poucos minutos depois de ele me ter prendido no escuro? Era o fim do país se já nem se conseguia prender delinquentes das letras sem ser imediatamente apontado pela imprensa estrangeira!

Seus dissabores e os do "governo" que ele representava estavam apenas começando. Porque, logo em seguida, todos os advogados renomados da República de Camarões passaram pela delegacia de polícia para saber os motivos de minha prisão – o que, aliás, me surpreendeu. O mais estranho foi a enorme mobilização popular em todo o país nos dias e semanas seguintes no sentido de pedir minha libertação. Eu estava abismado. Nunca havia militado em nenhuma organização e não dispunha de nenhuma rede de amizades ocultas. E, nas vezes anteriores em que eu havia sido preso pelo que escrevera, bem pouca gente até da minha família tinha esboçado a mínima atitude para me ajudar. Aliás, meus tios e tias ainda riram com a minha falta de inteligência – porque só quem tivesse um Q.I. abaixo da média podia pensar em escrever coisas "subversivas" naquela República. Convém lembrar que o país vivia então sob o regime do partido único, isso virtualmente desde 1955 (bem antes de eu nascer) e, formalmente, desde 1966. Quem se arriscasse a se afastar das verdades oficiais sabia o que o esperava. À força de tantas prisões, eu aprendera a viver sozinho com minha angústia.

As inúmeras manifestações de boa vontade em meu favor naquele mês de janeiro de 1991 foram ainda mais surpreendentes porque espontâneas, e ocorriam até em cidades do país onde eu nunca tinha estado, muito distantes do meu feudo de Duala. É verdade que um pequeno grupo de amigos resolvera enfrentar as leis antissubversivas do momento e criara um "Comitê pela Libertação de Célestin Monga" (CLCM). Artistas locais muito populares, homens de negócios e intelectuais conhecidos abraçaram a minha causa. A cada dia, faziam petições, marchas de protesto ou reuniões do famoso CLCM e exigiam a minha libertação. Muitos estudantes e professores entravam na batalha, imprimindo a minha famosa carta aberta e levando-a como um estandarte nos confrontos às vezes violentos com a polícia.

Essa febril contestação se espalhava por inúmeras localidades. Do fundo da cela de dez metros quadrados (o Hilton, como era chamada pelos guardas) que eu compartilhava com assassinos reincidentes, assaltantes de bancos e estupradores de menores, ouvia falar de brigas, confrontos e até lutas sangrentas entre militantes do CLCM e as forças armadas. Eu me indagava, como certas personagens de Charles Bukowski, se essa confusão e a cacofonia mortal em que inocentes que eu nem conhecia tinham um braço quebrado, ou uma perna arrebentada, ou chegavam a perder a vida, não seriam o prelúdio da minha recepção no inferno. Chegava a pensar que já estava morto e era levado para o purgatório. Passei então a ter insônia – e a sentir a dor de existir.

A amostra de prisioneiros reunidos em minha cela "Hilton" evocava uma Arca de Noé para a qual o próprio Belzebu tivesse selecionado as espécies. Os estupradores igualavam-se em energia e exuberância aos assaltantes de residências e aos membros de gangues, cada um desses grupos de bandidos proclamando com orgulho as ações que os tinham levado até lá, bem como o número de vezes que haviam escapado da polícia. Falavam muito também sobre as fugas que tinham realizado. Essa competição obscena traduzia-se às vezes em pugilatos sangrentos sob o olhar gozador dos guardas que escutavam e olhavam pelas grades sem o mínimo sinal de compaixão. Era o meio de restabelecer as hierarquias sórdidas naquele lugar onde, apesar da ausência de qualquer sentimento de humanidade, ainda restava suficiente ingenuidade humana para criar e impor moléculas e desejos de poder.

O "chefe" autoproclamado da cela costumava exigir de cada novo prisioneiro o pagamento de um "direito à cela", embora soubesse que todos os seus "súditos" chegavam àquelas quatro paredes sem dinheiro ou roupa. Com a cumplicidade sardônica dos guardas, conseguia extorquir esse "direito" das famílias dos presos que pagavam a pessoas da confiança do tal "chefe", cujos números de telefone ele sabia de cor. Sem sair da cela, comandava assim transações financeiras ilícitas no exterior. Eu fui isento disso. Talvez porque, ao me empurrarem para o "Hilton" e fecharem brutalmente a porta nas minhas costas, os policiais me apresentaram como um jovem intelectual esquisito que tinha ousado insultar o chefe do Estado. Logo, eu era um louco furioso e não o executivo de um banco. Fiquei pensando que soma eles teriam exigido de mim se soubessem que era diretor da agência bancária mais importante do país.

Entre eles, havia um velho do Chade – embora aquele homem do deserto de aparência tão seca e raquítica pudesse até ser mais novo que eu, mas envelhecido prematuramente – cujo olhar estava sempre voltado para mim. No dia seguinte à minha chegada, veio conversar comigo num francês estropiado. Estava curioso por saber que eu havia estudado. Fez-me muitas perguntas sobre os cursos primário, secundário e superior, parando para decorar o nome do diploma equivalente à passagem de um nível para outro. No fim da conversa, explicou-me seu espanto: como uma pessoa que tinha estudado podia estar numa cela com bandidos analfabetos como ele? E completou que, se a vida lhe tivesse dado a chance de ter ao menos o diploma do primário, ele teria aprendido tanta coisa que seria "alguém". E nunca, jamais, teria chegado a um lugar como aquele, à mercê de guardas beberrões e sádicos. Percebi então que era possível alguém ter estudado como eu na Sorbonne, ter convivido com grandes inteligências como Maurice Duverger, Christine Desouches ou Edem Kodjo e ter continuado analfabeto quanto às verdadeiras coisas da vida.

Também lá estavam três jovens da Tanzânia. Eu admirava-lhes a calma e a cortesia, tão inéditas ali. Eles nem percebiam que seu inglês simples e correto soava como grave injúria para os outros presos da cela, a quem o uso de uma linguagem civilizada naquele lugar infame era a manifestação sorrateira de espíritos críticos, a tentativa insidiosa de afirmar uma espécie de superioridade, de reclamar uma dignidade à qual ninguém tinha direito no cárcere, visto que lá todo mundo era culpado de alguma coisa. Estrangeiros que se comunicavam em inglês naquele lugar estavam com certeza desprezando os outros. Deviam estar brincando ou fazendo uma gozação, sobretudo porque ainda nem haviam pagado seus "direitos à cela". Eram "piadistas" que precisavam ser "educados" de qualquer jeito. Foram objeto de brincadeiras indecentes.

Não aguentei o tratamento que estavam recebendo do "chefe da cela" e fui tentar entender por que estavam presos numa delegacia em Duala. Do que teriam eles fugido da sua Tanzânia natal para vir buscar abrigo naquele calor úmido, no meio de mosquitos ferrenhos e belicosos? Explicaram-me que tinham sido detidos pela imigração quando fizeram escala no aeroporto de Duala. Provenientes da Tanzânia com passagem para a Nigéria, enganaram-se e saíram sem querer da zona aduaneira. Sua intenção não era ficar na República de Camarões e só pediam para seguir num voo até Lagos, onde amigos os esperavam. Mas a polícia não quis ouvir a explicação e fechou-os numa cela para que meditassem sobre seus atos impensados.

Mesmo nos trópicos, a história me pareceu demasiado grotesca para ser verdade. Perguntei se eles tinham o visto para a Nigéria. Resposta: não, porque, como cidadãos tanzanianos e, portanto, membros da Commonwealth, não estavam sujeitos a essa exigência. Teriam eles alertado sua embaixada ou consulado de que estavam ali? Não, porque lá não havia consulado nem embaixada. Há quanto tempo haviam sido presos? Quatro ou cinco dias. Tinham avisado alguém no seu país? Não, porque estavam sem dinheiro e as tentativas de falar com os guardas locais da imigração não tinham levado a nada – conhecendo a arrogância impaciente de meus compatriotas uniformizados, era fácil compreender. Do que estavam vivendo desde que haviam sido presos? Da caridade de alguns presos que dividiam com eles a magra refeição que as famílias lhes traziam. Estavam com seus documentos? Não, tudo havia sido confiscado pelo pessoal da imigração. Aliás, desde que haviam sido presos no aeroporto de Duala, não conseguiram reaver as malas que tinham ficado no avião. Que esperavam então? Apenas que um responsável da polícia local os expulsasse do país ou que os deixasse telefonar para a Tanzânia e pedir o dinheiro para pagar suas passagens de avião...

Tal conversa acabou com as ilusões que me restavam sobre a administração da minha terra. Eu descobria uma imagem bem pior que a da administração uruguaia que Mario Benedetti descrevera em *La trêve* [A trégua]. Passei a partilhar com eles as refeições que minha família me trazia à cadeia e decidi que, se um dia eu saísse daquela cela infecta, a primeira providência seria procurar saber as circunstâncias daquele caso esquisito que, embora não provocasse incidente diplomático com a Tanzânia (onde as autoridades não deviam estar informadas nem interessadas pelo destino de três cidadãos anônimos perdidos na natureza), custava muito dinheiro para os contribuintes do meu país.

Assim que me libertaram, dias depois, pensei em comprar as três passagens de avião Duala-Lagos de que os tanzanianos necessitavam para sair dessa enrascada. Meu amigo e anjo da guarda Richard Nouni, cujo sangue-frio equivalia a uma desconfiança instintiva, me alertou: que eu tivesse o máximo cuidado antes de fazer qualquer coisa, pois o governo podia servir-se disso para me armar uma cilada. Seguindo seu conselho, fiz uma visita inesperada ao delegado especializado nas questões da imigração em Duala. Queria ter certeza de que os tanzanianos não haviam omitido circunstâncias importantes de sua detenção – tráfico de droga, tráfico de armas ou algo equivalente?

O excelente delegado Victor Hugo Mbarga e eu nos conhecíamos muito bem, pois ele já me havia retirado várias vezes o passaporte, não por sua iniciativa mas seguindo "altas instruções" do chefe do

Estado. Recebeu-me mesmo sem hora marcada na escura sala de um prédio colonial decadente na avenida Charles de Gaulle em Duala – avenida que meus amigos e eu chamávamos Bulevar Ruben Um Nyobe, nome do líder independentista assassinado em 1958 pelos soldados do exército colonial francês. Era um homem correto e simpático. De semblante negro e jovial, olhos cheios de energia e descontração que facilitavam o entendimento. A distância entre sua simplicidade e a rigidez combativa daquela "ditadura em fase de formação" sempre me causava espanto.

Sim, confirmou o delegado com uma inocência surrealista, tudo o que os tanzanianos me contaram era verdade. Não, nem o setor da imigração nem a República de Camarões tinham recursos para comprar as passagens de avião a fim de expulsar todos os aventureiros que desembarcavam diariamente no aeroporto de Duala. Não, que os três coitados tivessem saído por engano da zona aduaneira não alterava nada. As instruções eram claras: enquanto houvesse algum espaço nas celas, eles ficariam detidos até conseguirem – como? – pagar suas passagens de avião a fim de serem expulsos. Porque, se o país não tinha dinheiro para financiar suas escolas, seus dispensários e suas estradas, o magro orçamento do Estado não iria financiar as viagens dos inúmeros lunáticos que vinham passear no país sem visto. Conclusão do delegado: sim, os tanzanianos seriam liberados e expulsos imediatamente para o destino de sua escolha se eu pagasse as passagens de avião. A calma com que ele dizia coisas que a mim pareciam horrores convenceu-me de que a situação do meu caro país era de decadência psíquica e política.

Fui à agência da Cameroon Airlines, comprei três passagens de avião Duala-Lagos, só de ida, e fui levá-las. O delegado pegou as passagens, agradeceu muitíssimo e mandou que um oficial libertasse os tanzanianos. Ao sair de sua sala ao meio-dia, cheguei a sentir dores tal era a umidade e o abafamento na rua. De fato, as coisas na nossa "República" estavam bem piores do que eu imaginava. Quando uma afetuosa carta de agradecimento enviada por meus ex-companheiros de cela chegou de Lagos dias depois, senti como que meu país gemendo em meu coração. Apesar do feliz desfecho do caso, pensei nas inúmeras silhuetas ocultas que se encontravam muitas vezes na mesma situação dos tanzanianos. Pensei em Pablo Neruda e em sua "absoluta fé no destino do homem", em sua "convicção cada dia mais consciente de que estamos chegando à grande ternura". Sua proclamação de que "a esperança é irrevogável" pareceu-me um militantismo pueril, uma ingenuidade pegajosa.

De vez em quando, os guardas que me vigiavam perguntavam com sinceridade ingênua e admirável por que a banal operação de neutralização de um pequeno "lápis comprido" (intelectual) provocava tanta agitação numa terra onde o povo gosta de futebol, cerveja, dança e mulher bonita. Certa noite, ao ver na televisão imagens de uma manifestação organizada em Garoua (norte do país) por membros do CLCM, um dos policiais exclamou erguendo os braços: "Ah-Ah! Essa gente não tem mais o que fazer? Com tanta mulher que existe naquela cidade...".

Compreendi que o vento virava a meu favor no dia em que um dos policiais que me vigiavam e que costumava me tratar muito mal veio conversar comigo. Contou que naquela manhã teve de vestir rápido uma grande túnica por cima do uniforme, pois era o único jeito de sair são e salvo do bairro onde morava. Porque aquele lado da cidade havia sido invadido por milhares de militantes do CLCM armados de pedras e cassetetes, decididos a "castrar todos os militares, policiais e outras forças da desordem" que encontrassem pela frente. Meu carcereiro escapou ileso porque saía da loja do alfaiate onde acabara de comprar a túnica. Resolveu vesti-la ali mesmo na rua...

O vento virou ainda mais forte a meu favor quando a temível Frances Cook, embaixatriz dos Estados Unidos na República de Camarões, me convidou para uma conferência em Washington, sabendo com toda a certeza que o governo tinha confiscado meu passaporte. Esse convite inocente provocava imediatamente uma enorme pressão diplomática sobre o regime do país para, ao menos, dar uma explicação oficial quanto à minha prisão. Incomodadas com essa "provocação grosseira contra o povo da República de Camarões", as autoridades de Iaundê gritaram bem alto, denunciando "o imperialismo e seus métodos grosseiros", a "ingerência nos negócios internos" e o "desprezo pela soberania de Camarões, embora reconhecida pela Organização das Nações Unidas". Da minha cela, meu mal-estar se transformara em diversão. Eu chegava a rir. Porque a cada dia o pânico oficial adotava uma feição mais engraçada: quando um grupo de senadores e de membros da Câmara de representantes norte-americana assinou uma petição em meu favor, ministros e governadores desfilaram no rádio e na televisão para redarguir, afirmando que as manifestações de diplomatas estrangeiros em prol de minha libertação e os artigos no *Washington Post* ou *New York Times* eram a prova evidente de minha submissão a potências estrangeiras. "Célestin Monga é um jovem manipulado por essas nações estrangeiras que ainda sonham com o colonialismo": esse era o teor do discurso oficial.

Diante, contudo, da pressão implacável da rua que a brutalidade da repressão ainda fortalecia, e da coragem inesperada de diplomatas estrangeiros decididos, enfim, a não ignorar o que presenciavam, o regime vacilante de Paul Biya teve de rever sua estratégia de defesa. Um editorial na primeira página de um jornal pró-governo explicava a mudança. Com o título "Libertar Monga, mas...", um futuro ministro secretário-geral do comitê central do partido único resumia o que seria a nova estratégia do governo: deixar que eu saísse da prisão para acalmar a desordem sociopolítica que transtornava o país, mas organizar um pseudoprocesso por meio do qual eu seria condenado legalmente, o que justificaria então a prisão revestida de todas as formas de legalidade tropical. Foi isso mesmo o que ocorreu. Tirado da cela sem explicações, fui imediatamente convocado ao tribunal por "ultraje ao presidente da República, à Assembleia Nacional, às cortes e aos tribunais". Apenas isso. Os três poderes da "República" uniam-se oficialmente contra um perigoso jovem que tinha funções importantes no principal banco do país, jogava futebol no sábado à tarde com os amigos e escrevia poemas. Para fazer média, Pius Njawe, o diretor da revista que havia publicado minha carta aberta (e que estava, aliás, em viagem ao estrangeiro no momento da publicação), foi considerado meu codefensor.

Em 10 de janeiro de 1991, numa Duala paralisada por apelos à greve geral provenientes de tanta gente solidária e que eu não imaginava tão audaciosa, por ameaças de repressão das autoridades, pela cólera de centenas de milhares de rostos desconhecidos que desafiaram os cassetetes, as bombas de gás lacrimogêneo e os tiros dados pelos militares, tudo isso para me dar coragem diante do velho prédio colonial que pretendia ser o "palácio de justiça", Njawe e eu ficamos perante um minúsculo "juiz" e um imponente "procurador da República" de olhar velhaco, que lia com dificuldade o ato de acusação visivelmente redigido para eles por um "ministro da Justiça" mais ou menos alfabetizado. Desde cedo, Lapiro e Ben Decca, artistas de grande sucesso, tinham espalhado panfletos pelo país conclamando a população para assistir a esse processo vergonhoso. Tinham até improvisado concertos diante da praça do "palácio de Justiça" de Duala. O exército logo agiu, mostrando a própria música, e os dois acabaram presos. A violência dos confrontos de rua foi tão grande que o "processo" teve de ser adiado para a semana seguinte.

Eu estava surpreso com a repercussão da contestação e pela coragem de cidadãos comuns e anônimos que arriscavam a vida para me livrar das garras de um Estado canibal.

O procurador era um velho enfezado, um desses negros de desenho animado que parecia personagem do romance *La vie et demie* [A vida e meia], de Sony Labou Tansi. Às vezes ele fazia cara de quem estava muito chocado porque um "rapaz de vinte e poucos anos" (era assim que se referia a mim) tinha "ousado atacar com tanta insolência sua Excelência o Presidente da República, chefe de todos os cidadãos do país". Olhava para mim com uma dose de repulsa que me dava vontade de rir. Numa tirada mais retumbante, exclamou bem alto: "O mais chocante, no caso, é que Monga pertence a um grupo étnico no qual o chefe é venerado. Porque pesquisei e descobri que ele é da etnia bamileque. Ora, entre os bamileques, quando o chefe fala, todos se põem de joelhos. Se ele disser que é para andar de quatro, você anda. Suas ordens não são discutidas. Fico muito surpreso que Monga ataque o chefe de nosso país. Se for corajoso, terá de aceitar uma punição severa pelo crime que cometeu". A seguir, fechou, nervoso, seu caderno, ajeitou a toga preta e estirou-se na poltrona, aguardando um veredicto à altura do meu crime.

O "juiz" era ainda mais ridículo. Não chegava a ter a loquacidade imbecil e divertida do procurador. Seu falso ar de inocente encurralado dava pena – custava-me aceitar que um compatriota tivesse tão pouca dignidade, mesmo que por ignorância. Fez-me pensar naquele primeiro-ministro russo que tinha tanto medo da própria sombra que no desenho dos caricaturistas só aparecia debaixo da escrivaninha. Apesar de tudo, sentia-me mal por ter de dominar meus sentimentos e considerar tal indivíduo uma vítima do sistema kafkiano vigente, um conterrâneo, um africano banal mergulhado no turbilhão de nosso carma coletivo.

Tentei manter um silêncio indulgente para com eles. Era uma variante da estratégia de ruptura de que fala Jacques Verges. Esse advogado atípico e controvertido ficara célebre nos anos 1950 e 1960 ao se constituir conselheiro jurídico não só do *front* de libertação nacional argelino, mas também dos líderes independentistas da União das Populações da República de Camarões. Eu havia lido sua publicação *Da estratégia judiciária*, que articulava os dois principais métodos de defesa durante um processo político: a estratégia chamada de conivência, que consiste em aceitar as regras do jogo impostas pelo adversário e delas extrair os argumentos jurídicos de sua defesa. Foi a escolha que fez Dreyfus. O outro método é a estratégia de ruptura, que consiste em recusar as leis pelas quais se é julgado e contestar a legitimidade da ordem judicial. Segundo Verges, foi o que fizeram homens como Sócrates ou Jesus. Na história política do meu país, foi o que fizeram homens como Martin-Paul Samba, Douala Manga Bell, Ruben Um Nyobe ou Ernest Ouandié. Todos acabaram enforcados ou fuzilados em praça pública, e seus corpos confiscados pelas autoridades coloniais e pós-coloniais ou oferecidos como repasto aos urubus.

Eu não pretendia colocar meu nome nessa lista. Mas, como não tinha ilusões quanto ao que me estava reservado, decidira seguir humildemente os passos deles, mostrar-me à altura do sacrifício que, antes de mim, milhões de africanos haviam aceitado e honrar a meu modo esses homens e mulheres sem rosto que, mesmo sem me conhecer, desfilavam pelas ruas da minha terra enfrentando o exército e pedindo minha libertação. Por isso, resolvi não dizer uma palavra naquele "tribunal" de fachada, que no fundo eu desprezava. Durante todo o "processo", só fiz uso da palavra uma vez para dizer que, se alguém deveria estar sendo julgado, seria Paul Biya, o presidente autoproclamado cujas mãos estavam manchadas de tanto sangue inocente. Aturdido com minhas palavras, o "juiz" quase desmaiou de susto.

O veredicto foi relativamente clemente, reflexo provável da dúvida que assaltava as autoridades de Iaundê, além da percepção da relação de forças entre a "República" delas e os "vândalos" que Njawe e eu representávamos: seis meses de prisão com *sursis* e 500 mil francos CFA (Comunidade Financeira Africana) de multa. Pouca coisa. Diante da gravidade das acusações, das quais bastava uma só para me condenar à morte, e do número de vítimas e de prejuízos materiais provocados pelo processo, o veredicto não era muito pesado. Sinal de que a brutalidade política que por muito tempo havia paralisado o país se enfraquecia. As certezas de Paul Biya vacilavam. Meus amigos podiam exultar e cantar vitória, pois milhares de outros cidadãos que haviam ousado desafiar aquele Estado-Golias não tiveram direito nem sequer a um pseudoprocesso.

Por que não nos absolveram pura e simplesmente? Porque não podiam dar a impressão de que o deus negro que presidia os destinos da nação estivesse desmoralizado ou fosse vulnerável – isso o teria humanizado e diminuído. Apesar dessa meia-vitória, eu não estava satisfeito e custava-me pensar que um regime tão pouco qualificado para dar lições de moral me condenasse, mesmo com *sursis*. Pedi aos advogados para entrarem com um recurso. Por princípio, apenas. O tribunal de apelação teve o bom reflexo político de arquivar o processo, sem mais. O regime estava farto de lutar publicamente comigo, minúsculo adversário. Foi então que medi a força da inocência e da serenidade perante a morte.

Senti pela primeira vez os sinais da celebridade quando saí da sala de audiências e fui cercado por uma multidão imensa, centenas de milhares de pessoas que haviam vencido as barreiras policiais e militares para vir me apoiar. Foi a primeira crise de delírio coletivo que iria marcar cada uma de minhas saídas públicas na cidade durante vários anos: rostos encantados de gente de todas as idades e condições, moças parecendo possuídas pelo vodu, pedindo-me, aos gritos, em casamento, e a impossibilidade de conservar uma certa distância, de olhar tudo com clareza e sem os atavios desse ambiente hipnótico. Foi como se eu recebesse uma descarga elétrica.

Que centenas de milhares de cidadãos de todas as condições sociais, de várias religiões e regiões do país, corressem para ter os textos que eu escrevia sem premeditação, que alguns deles caminhassem corajosamente para a morte brandindo esses textos, que fossem cada vez mais numerosos a vir dia e noite à minha casa e ao escritório para saber o que eu estava preparando, prometendo proteger-me a todo preço, que os jornais que publicavam corajosamente as raras entrevistas que eu concedia fossem procurados avidamente e, depois, sob a forma de fotocópias, se difundissem por todo o país fez com que minha vida se tornasse moral e psicologicamente insustentável. Eu não previra o peso de tal responsabilidade. É claro que dava para perceber em todo esse turbilhão certa dose de loucura coletiva da qual eu era o mero catalisador, tendo tido apenas o azar de estar num lugar onde, por acaso, a história do país me pusera em destaque. Eu via também que empresários políticos sem escrúpulos se dissimulavam atrás de meus textos para deslanchar suas ambições de poder pessoal. Mas eu tinha ainda lucidez suficiente para saber que não conseguiria mudar séculos de história com alguns artigos de jornal ou declarações à imprensa.

Pobre banqueiro: a força dos fracos

Certo dia de junho de 1992, o diretor-geral do banco em que eu trabalhava me chamou à sua sala para falar "de homem para homem, e não como adversários políticos". Sua aparência sempre fora envelhecida, mas, naquele dia, mostrava-se esgotado pela disputa pública que me opunha ao "governo" por ele representado. Eu lhe impusera essa luta mesmo sem querer. Sabia que ele, como eu, passava noites em claro, porque tinha de prestar contas diariamente às autoridades de Iaundê. Aliás, ele tentara uma manobra dias antes, enviando à minha residência como emissário e negociador um empresário riquíssimo de Duala, que julgava ser originário do mesmo grupo étnico que o meu e, por isso, capaz de me influenciar e convencer a fazer uma declaração pública em favor de Paul Biya. O tal empresário chegara ao meio-dia num enorme Mercedes preto com vidros fumê. Eu o recebi praticamente à porta e logo o despedi educadamente, mas com firmeza.

Naquele dia, o diretor-geral me chamou em particular na sua imensa sala no último andar do edifício em que funcionava o nosso banco. Fumava sem parar e parecia muito nervoso. Tentava mostrar um mínimo de cortesia, embora no olhar houvesse um misto de ódio, desgosto e medo que eu devia lhe inspirar. Nada surpreendente: ele era um dos protegidos da esposa de Paul Biya e um dos inúmeros ex--ministros das Finanças da "República". Pôs logo as cartas na mesa: o objeto da conversa era encontrar naquela crise uma saída honrosa para todos. Confessou que as autoridades de Iaundê esperavam com impaciência que eu mesmo avaliasse as consequências de meus atos de insubordinação em relação ao chefe do Estado e pedisse demissão. Apreciei sua franqueza e disse que estava pensando muito nisso – sobretudo porque a afluência de jornalistas e curiosos na minha sala perturbava muito a capacidade de dirigir a agência central de Duala, pela qual eu era responsável. Eu tinha 8 mil clientes, seis bilhões de francos CFA de depósitos e créditos e várias dezenas de empregados. O afluxo cotidiano de pessoas que vinham, não para operações bancárias mas para me observar como um tigre no zoológico, transformava aos poucos a vida da agência num circo.

O diretor-geral ficou contentíssimo ao ver que meu diagnóstico da situação coincidia com o seu. Logo, era preciso que encontrássemos, de pleno acordo, um plano de saída – plano que não provocasse a reação dos que me defendiam. Ele estava certo nesse temor: alguns clientes importantes tinham ameaçado fechar a conta no banco se eu fosse despedido por razões políticas. Muitos outros, cidadãos desconhecidos, haviam enviado folhetos anônimos ameaçando pôr fogo no prédio se, como desforra, as autoridades me mandassem embora. Era, portanto, prudente garantir que a maneira de pôr fim aos meus seis anos de serviço na instituição fosse apresentada publicamente como tendo o meu assentimento. Assim, o diretor-geral propôs me transferir de Duala para Kumba, cidadezinha situada na fronteira com a Nigéria. "Fique tranquilo", disse-me. "Ficam mantidas todas as suas prerrogativas e o seu cargo de diretor." A ideia dele era oferecer uma justificativa elegante para a minha demissão, o que seria matar dois coelhos com uma só cajadada: convencer-me a deixar de pleno acordo a instituição e garantir a seus parceiros de Iaundê que se livrara de mim sem causar problemas. Respondi que precisava pensar na proposta. Decidimos ter nova reunião quarenta e oito horas depois. Feliz com seu desempenho, ele me levou até a porta, deu-me tapinhas no ombro e um aperto de mão.

Poucas horas depois desse encontro e para minha grande surpresa, o diretor-geral assinou uma "ordem de serviço" anunciando minha nomeação como diretor regional em Kumba. A notícia logo se espalhou pelo país. Naturalmente, a imprensa entrou em contato comigo para perguntar o que eu achava dessa nomeação com jeito de enterro de primeira classe. Amigos logo me falaram de sua preocupação: em Duala, conseguíramos organizar um esquema de proteção que me garantia um mínimo de segurança – a única tentativa de sequestro que sofri uma noite ao sair do escritório fracassou, e os três assaltantes fugiram num carro sem placa. Mas o que aconteceria em Kumba, onde eu nunca tinha estado e praticamente não conhecia ninguém? Como iria todos os dias do escritório até meu domicílio funcional – um casarão situado fora da cidade? Durante entrevista para a Radio France Internationale, falei de minha surpresa diante dessa transferência que me parecia uma manobra política e concluí dizendo que não ia aceitar. Estava decepcionado com o diretor-geral, que não mantivera sua palavra e que tentava me forçar anunciando unilateralmente uma decisão a ser discutida.

A partir da transmissão dessa entrevista pela rádio francesa, qual não foi minha surpresa ao receber no escritório uma delegação de personalidades vindas da cidade de Kumba que insistiam em falar comigo. Havia entre elas um chefe tradicional com seu grande traje luminoso, um advogado que trabalhava na seção local de uma organização de defesa dos direitos humanos, um jovem estudante representando os alunos da cidade e uma senhora idosa, muito decidida, que viera só para me dizer que não tivesse receio de nada. A conversa foi rápida e surpreendente: esses representantes da cidade de Kumba tinham vindo para confirmar que gostaram muito de saber pelo rádio que as autoridades nacionais puniam minha impertinência enviando-me como banqueiro em sua cidade. "É uma honra, uma grande honra para nós!", exclamou o chefe. "Eles pensam que o estão prejudicando. Mas nós, moradores de Kumba, vamos mostrar-lhes que estamos orgulhosos com o que o senhor fez." Fiquei pasmado durante uns minutos. Depois, confessei que não tinha a intenção de aceitar aquela transferência injusta porque não queria ceder ao regime de Paul Biya. Não, exclamaram todos a uma só voz. E explicaram que tinham vindo justamente porque ficaram preocupados com minhas palavras na rádio. Num tom muito convincente, o chefe continuou:

> Todos os nossos compatriotas sabem exatamente por que o governo o envia para Kumba: é uma clara decisão política para intimidá-lo e

castigá-lo. O senhor é um jovem corajoso. Não vai pedir demissão por causa disso. E o senhor não luta pelo povo? Kumba é o povo. Nós, como cidadãos, precisamos de um banqueiro como o senhor em nossa cidadezinha. O senhor não pode se recusar a vir financiar os projetos de que o povo precisa em Kumba...

Eu não tinha pensado nesse argumento. Olhando firme para mim, a senhora garantiu que eu não precisava me preocupar com a segurança física, pois lá todo mundo gostava do meu modo de agir e eu estaria até mais seguro que em Duala. O jovem estudante confirmou dizendo que, quando eu chegasse a Kumba, fariam uma grande manifestação popular em toda a cidade, obrigando o prefeito a decretar feriado!

Pobre banqueiro que eu era, não me restava nada a dizer. Seus argumentos tinham uma força inesperada. Não podia pretender lutar em nome de meus compatriotas privados de liberdade, em nome dos fracos, e recusar um cargo profissional em Kumba porque a cidade era muito pequena para a minha categoria de banqueiro. Quanto à segurança, eles também estavam certos: por lucidez ou fatalismo, eu sabia que era vulnerável em Duala, Kumba, Paris ou Moscou. A história da razão de Estado está cheia de pessoas que se julgavam indispensáveis, intocáveis e bem protegidas e que foram eliminadas por matadores nos lugares mais inesperados. Logo, eu devia aceitar com serenidade essa nova bifurcação na minha trajetória.

Assim que o grupo saiu, redigi uma carta ao diretor-geral do banco dizendo que... aceitava a nomeação para Kumba, embora ela não estivesse na progressão normal de minha carreira. Mandei entregá-la em mãos por portador especial. Ele me telefonou imediatamente, berrando de raiva, me acusando de ter violado nosso acordo, de não manter a palavra, de não agir como homem, me insultando, maldizendo, prometendo que dessa vez íamos lutar sem luvas. E bateu o telefone. Eu compreendia e lamentava por ele. Sabia que ele devia ter prometido a Paul Biya que chegaríamos a um acordo permitindo ficar livre de mim sem que parecesse uma demissão. Minha carta desfazia tudo isso e transferia para ele o risco de encarar a cólera do chefe do Estado, a quem muito temia. No dia seguinte, cancelou, sem dar os motivos, a ordem de serviço que havia assinado para a minha nomeação em Kumba. Logo depois, mandou uma convocação para que me apresentasse diante do conselho de disciplina do banco a fim de dar explicações sobre o fato de "ter publicado artigos criticando o presidente da República na imprensa e feito declarações públicas violando a obrigação de reserva" à qual todos os empregados da instituição estavam subordinados. Quando vi como era composto o "conselho de disciplina", com maioria de empregados de nível inferior facilmente manipuláveis pelo diretor, preveni meus visitantes de Kumba das mudanças ocorridas e da minha decisão de me demitir.

Passei dias pensando nas opções profissionais – que estavam reduzidas a zero no meu país. Considerei também a função de Messias que alguns de meus ardorosos partidários queriam que eu assumisse. Logo entendi que cada povo tem de esgotar suas neuroses. Em julho de 1992, decidi me afastar do espaço geográfico dessa explosão de cólera e de fúria no epicentro em que me encontrava. Tinha de partir, pois não dispunha da dose de egocentrismo e de autoalucinação necessária para me lançar na política africana. Tendo granjeado fortes inimizades numa classe política dominada por bandidos, sabia que minha vida estaria em perigo, onde quer que eu fosse.

Paris: as cicatrizes da memória

Partir, portanto. Mas para onde? Para quem a principal língua profissional era o francês, a França surgia como o primeiro destino possível. Não é Cioran quem diz que "se é preciso fracassar na vida, é melhor fracassar em Paris que em outro lugar"? (*Entretiens* [Entrevistas], p. 209). Mas eu não tinha vontade de fracassar ainda mais, pois minha vida já não começara muito bem. Vivia perseguido pela lembrança dos fantasmas desconhecidos que me tinham protegido da morte e de minhas imprudências. Lembrei-me de um incidente ocorrido semanas antes que mostrava a relação caótica e aleatória que os africanos de minha geração mantêm com a França. Tudo aconteceu em maio de 1992, quando eu ainda era banqueiro em Duala. Fora convidado pela revista *Jeune Afrique Économie* para participar de um debate em Montreal com Robert Messi Messi, um ex-banqueiro de Camarões refugiado no Canadá. Ele fora por muito tempo o banqueiro pessoal de Paul Biya, antes de cair em desgraça e dar o fora. Seu desejo era salvar o que lhe restava de consciência, fazendo confissões públicas. O magazine, não querendo que ele redigisse um texto recheado de jargão bancário, pediu-me que mantivesse com ele um diálogo franco, a ser publicado como entrevista. Suas revelações espantosas sobre os enormes desvios do erário público efetuados pela família presidencial tiveram o efeito de uma bomba, tanto em Camarões quanto na França. O número tinha sido publicado quando eu, de regresso à minha terra, fazia escala em Paris. Como de costume, a polícia e o exército tinham imediatamente recolhido toda a edição e invadido minha casa. A coitada da senhora que cozinhava para mim foi presa, assim como o jardineiro.

No hotel parisiense onde estava de passagem, recebi telefonemas de diplomatas estrangeiros que serviam em Iaundê e, preocupados, recomendavam que eu adiasse ao máximo o meu retorno. Frances Cook, embaixatriz dos Estados Unidos, insistia: as informações recebidas pelo governo norte-americano indicavam que Paul Biya tinha ficado furioso ao ler meu diálogo com o seu antigo banqueiro e dera ordens categóricas para que eu fosse preso ao descer do avião. O embaixador da Alemanha em Iaundê, que recebera as mesmas informações, propunha-se a conseguir para mim um emprego ou uma bolsa de pesquisa em seu país, até a tempestade acalmar. Viajando com a família e com visto só de trânsito pela França, eu precisava de tempo para resolver. Pedi então às autoridades francesas que o visto fosse prolongado por alguns dias. A resposta foi seca e sem apelo: nem pensar. O consulado francês de Duala não aceitara o meu pedido.

Tive a boa intuição de convocar logo uma conferência de imprensa em Paris para anunciar meu retorno na manhã seguinte. Vieram muitos jornalistas, com certa curiosidade mórbida sobre os métodos de tortura que me aguardavam antes da execução. Ao anunciar publicamente que regressava no dia seguinte para Duala num voo da Cameroon Airlines, eu desafiava meus adversários em sua lógica de morte. Mostrava também minha indiferença diante das ameaças e a vontade de enfrentar toda aquela pressão. Administrava meus medos e desviava os projetores para aquele poder político antropófago.

Contra toda expectativa, essa conferência de imprensa provocou pânico entre as autoridades de Camarões e uma pressão político-midiática sobre os mentores parisienses de Paul Biya. Mal cheguei ao hotel, recebi um telefonema do Palácio do Eliseu. O embaixador Gilles Vidal, conselheiro de François Mitterrand, desejava ver-me imediatamente. Motivo? O governo francês estava preocupado com minha segurança e queria conversar sobre isso. Acompanhado de dois parentes, fui à rua do Faubourg Saint-Honoré, onde me receberam com uma cortesia que era o oposto da seca arrogância dos burocratas que, na véspera, se haviam recusado a prolongar o meu visto em trânsito.

O recado de Gilles Vidal era simples: "O senhor deve adiar seu retorno ao país. Achamos que lá sua segurança não está garantida.

Tomaremos todas as disposições para a sua permanência na França o tempo que quiser". Embora tardia, a generosidade das autoridades francesas me tocou. Mas sentia-me obrigado a recusar a oferta, pois já anunciara que voltava à minha terra na manhã seguinte. "Suas declarações durante a conferência de imprensa não têm importância", retorquiu Gilles Vidal. "Todo mundo vai compreender que se tratava de proteger sua vida. Se o senhor for morto amanhã, não vai ser útil a seus compatriotas." Excelente argumento, mas que não me convenceu. Porque, além de não poder me desdizer a ponto de dar a impressão de que os opositores africanos são covardes, pensava em todos os meus conterrâneos que tinham ido até o sacrifício supremo para me proteger. Ficar em Paris seria uma inaceitável falta de gratidão da minha parte. Também havia recebido boas notícias do país: muita gente se organizava espontaneamente para me receber no aeroporto e estava disposta a enfrentar o exército de Paul Biya. Meu nível de risco não podia ficar aquém do deles. Eu tinha de partir e assumir meu destino. Mesmo que fosse o pior. Gilles Vidal teve a elegância de insistir, de falar com os parentes que me acompanhavam, pedindo que me convencessem a avaliar a gravidade de tal decisão. Depois me deu um número de telefone em que poderia encontrá-lo a qualquer momento caso eu mudasse de ideia.

Eu tinha noção da sorte de ser um africano cujo destino parecia preocupar as embaixadas ocidentais e os gurus do Eliseu. Milhares de outros que estavam sem visto em Paris eram expulsos sem consideração em *charters* infectos. Meus amigos mais cínicos consideravam a generosidade (circunstancial?) que me era demonstrada como um mau presságio: achavam que o objetivo oculto de meus benfeitores parisienses era me manter na França e, assim, afastar-me da cena política de Camarões, onde minha atuação provocava "desordem". Eu preferia interpretar de modo positivo o episódio e considerar que a

França de Vítor Hugo estava de volta, mesmo que provisoriamente. Mas gostaria que essa França mostrasse a sua face sempre, não ocasionalmente nem só numa visão estreita de seus interesses imediatos ou numa meteorologia política aleatória, mas sistematicamente, em nome dos grandes ideais que haviam marcado sua história intelectual. Gostaria que a França tomasse uma posição clara em favor das transformações democráticas na África, como ela fizera sem hesitar a respeito da Polônia do general Jaruzelski e de outros países do antigo bloco soviético depois da queda do Muro de Berlim. Foram as palavras um pouco ingênuas que disse ao meu interlocutor do Eliseu. Sem grande resultado.

Depois de uma noite em claro, peguei o interminável voo Paris-Duala, no qual muitos passageiros me olhavam com cara de enterro. Depois da longa viagem, o avião chegou a Duala. Logo entendi que naquele dia não havia nada a temer. Dezenas de milhares de pessoas, gritando meu nome e ameaçando pôr fogo em todos os prédios públicos da cidade se me acontecesse algo, tinham invadido o aeroporto e neutralizado com sua presença a centena de policiais que lá estava – não uniformizados, aliás. Essa multidão em transe me carregou desde a chegada e me instalou num carro, em desfile improvisado que atravessou a cidade no meio de um delírio de buzinas e gritos de alegria. Durante o trajeto, grupos de jovens que apoiavam minha causa formaram um impressionante e barulhento cordão de segurança. Havia tanta gente na minha casa que tive muita dificuldade para entrar. Uma centena desses jovens resolveu passar a noite no jardim para me "proteger" da mesquinharia das autoridades de Iaundê, capazes de organizar um covarde ato noturno. Concluí então que a África estava descolonizada e que nem a França nem o Ocidente iam mudar isso.

Morar em Paris alguns meses após esses acontecimentos soava para mim como um vazio: seria contradizer nossa reivindicação democrática. A França que inspirara movimentos de revolta no mundo inteiro parecia aos africanos da minha geração uma velha senhora irritadiça e fechada, e justamente numa época em que a globalização procurava estender as fronteiras da galáxia. A França de Michel Foucault e de Hector Berlioz se acomodava em ser a nação das crispações identitárias e da ilusão de pureza cultural. A França "una e indivisível", apegada a medos e certezas, relegava seus homens de cor para as margens da história. Fossem de esquerda ou de direita, seus governos sucessivos mantinham a respeito da África negra uma política vergonhosa que se limitava a apoiar redes de homens de negócios sem escrúpulos e a fornecer armas a governos obscurantistas. A França do Abbé Pierre era também a dos *charters*, que negava aos imigrados malineses a mínima parcela de humanidade. Não, não e não; depois de ter vivido uma prova de humanidade da parte de desempregados, estudantes, camponeses e outros compatriotas anônimos, sentia-me depositário de uma exigência de dignidade que me forçava a aceitar o respeito de minha humanidade. A morte de meus conterrâneos que apenas queriam proclamar o seu direito de existir livremente tinha para mim qualidades pedagógicas – nunca aceitar uma existência aviltada.

A ideia de passar meus dias nos cafés da Rive Gauche ou no jardim das Tulherias e as noites descendo os Champs-Élysées não me era nada agradável. Primeiro, porque, tendo incentivado o escritor Mongo Beti anos antes a encerrar seus quarenta anos de exílio na França e a voltar para o nosso país, parecia-me contraditório adotar o caminho inverso. Não tinha a pretensão de estar no mesmo nível de Mongo Beti, cuja força e persistência na luta contra o autoritarismo na África marcavam os padrões pelos quais seríamos um dia julgados. Mas, naquele contexto, deixar meu país para ir morar na

França poderia ser mal interpretado e usado contra mim por gente mesquinha – o que nunca me faltou na vida.

Além disso, eu guardava a lembrança dos inocentes que morreram numa luta que eu começara sem pedir a opinião de ninguém. Além dos caixões e dos cemitérios, suas almas me atormentavam, obrigando-me a repensar cada uma de minhas escolhas existenciais. Eu achava que, do fundo de seus túmulos tão recentes, cobertos de areia ou de laterita, essas vítimas me lançavam um olhar que seria ainda mais difícil de suportar se eu deixasse o auge da luta no meu país para ir morar no conforto ultrapassado de um sótão parisiense, tornando-me mais um na estatística do clã dos amorfos e inaudíveis, conhecidos como "opositores africanos na França". Os fantasmas que me povoavam a memória e haviam deixado cicatrizes indeléveis iriam talvez pensar que eu nem tivera a decência de um exílio aceitável, útil, que resgatasse suas vidas miseráveis e estivesse à altura do seu sacrifício.

Enfim, eu não esquecia que aquela França fosse talvez o lugar do mundo onde eu estaria mais vulnerável: era lá que as autoridades de Camarões tinham seus principais apoios políticos, militares e financeiros. Era lá que agiam há meio século grupos mafiosos especializados na eliminação física ou política de personalidades africanas. A história do meu país e da África estava pontilhada de assassinatos políticos nos quais o governo francês desempenhou um papel sórdido. Eu previa um fim de percurso triste e vergonhoso. Já me via apunhalado numa rua escura de Barbès, envenenado num bar enfumaçado do Quartier Latin ou simplesmente vítima de um atirador escondido num subúrbio parisiense. Via meu sangue correr pelo chão da antiga mãe-pátria e imaginava o assassino drogado, ao lado do meu cadáver, remexendo meus pertences, cuspindo e insultando minha mãe, minha família, minha raça... Não e não! Se eu tinha de ser morto no exílio, não seria na França. Não ia me entregar de pés e mãos atados aos saudosistas do tempo colonial. Isso seria não ter aproveitado nada dos erros de cálculo de Mehdi Ben Barka ou de Félix Moumié. Se eu tivesse de ser "suicidado" pelo poder de Estado, que fosse num lugar onde houvesse ao menos uma aparência de indignação. Paris e a França não estavam, portanto, entre os destinos possíveis. Minha memória era muito lúcida.

Boston: a volúpia da ascese

Por que a América do Norte? Por que não a Bielo-Rússia, a Guatemala ou as ilhas Caimã? Primeiro porque deixar a República de Camarões a fim de ir para um país onde os sonhos me seriam proibidos correspondia a um masoquismo e a um mau gosto que eu não tinha. A necessidade de imaginar outras possibilidades era a estética de vida de que eu precisava. Depois, porque a boia salva-vidas mais inesperada e sedutora me foi oferecida por Frances Cook, a embaixatriz norte-americana no meu país: tratava-se de um programa de estudos e de pesquisa na Universidade de Harvard, em Cambridge, na periferia de Boston. O que haveria de melhor que essa incrível oportunidade de aprender, trocar ideias, fazer conferências, questionar o que me restava de quase-certezas e refletir sobre mim? E, ao contrário da França, aquela América não havia tratado mal meu velho cúmplice Achille Mbembe, oferecendo-lhe a oportunidade de proclamar seu "afropolitanismo" e de delirar livremente sobre nossa condição de pós-colonizados. Após seis anos da vida turbulenta de banqueiro, a perspectiva de encontrar certa volúpia na vida ascética do mundo acadêmico não me desagradava.

Chegando, portanto, sem premeditação a Massachusetts, eu tinha uma ideia fixa: tentar livrar-me da raiva que insidiosamente havia em mim e renovar meu metabolismo. Era fim de junho – período do ano em que a luminosidade é tão bela que chega a dar vontade de "morrer para se distrair", segundo Étienne Roda-Gil. O céu claro do verão, os dias de forte calor e cheios de luz, bem como a possibilidade de andar à vontade no anonimato das ruas de Boston e de Cambridge, olhando as coisas mais simples, traziam um "viço" inesperado à minha existência. Era como se, depois de ter suportado por muito tempo o peso de minha vida mirrada, eu encontrasse de repente um entusiasmo difícil de explicar. Apesar do ascetismo da vida acadêmica, tinha a impressão de ter recebido um visto para uma nova existência. Sentia o prazer de reinventar a maneira de abordar o mundo.

Descobri um mundo bem diferente daquele ao qual estava acostumado. Na África, era forte a tentação de ver a infinidade de microtragédias cotidianas como um antídoto à utopia. Em Boston, o otimismo das pessoas na rua nada tinha de impróprio ou deprimente. Ao contrário, lá a utopia parecia o verdadeiro motor da história. Os norte-americanos que eu encontrava davam a impressão de acordar todos os dias bem dispostos, certos de que o mundo lhes pertencia. Embaixo de vento ou de neve, encaravam o cotidiano com uma *overdose* de autoconfiança e um senso de disciplina que pareciam coisa de gente alucinada. Antonin Dvorak havia captado bem o ambiente desse país-continente ao compor a sinfonia nº 9 em mi menor, a *Do Novo Mundo*: nela, o espírito *folk* norte-americano aparece no uso maciço das síncopes, das escalas pentatônicas e modais, na orquestração quase pitoresca. Assim como as quatro grandes regiões do país (Costa Leste, Oeste, Meio-Oeste e Sul) têm uma personalidade diferente, os quatro movimentos da sinfonia são contrastantes, mas unidos por temas musicais entrecruzados.

Boston me oferecia a possibilidade de voltar a ser um economista universitário. Além do estudo, eu podia entrar em contato com redes de saber que me abriam horizontes até então desconhecidos e criar amizades estimulantes com intelectuais africanos da minha geração que lecionavam na região, como o historiador Emmanuel Akyeampong (Harvard) e o economista Allan Affuah (MIT). O primeiro me ensinou a escolher temas de pesquisa originais sobre a África e a identificar assuntos que só o íntimo conhecimento do país permite tratar com serenidade. Recomendava sempre que eu deixasse os assuntos "fáceis" para aqueles que fazem do africanismo um negócio. O segundo me encorajou a resistir à tentação de seguir os preceitos da má estética acadêmica e a redigir textos de economia monetária com a mesma liberdade que tenho ao escrever um diário de viagem. E acrescentava: "Isso não impede que cada assunto seja tratado com todo o rigor metodológico e empírico".

Expressar-me oralmente ou por escrito até então não era uma preocupação para mim. O francês, o *pidgin-english*, o *bafang* ou o *ewondo* faziam parte do meu imaginário e estruturavam o que tinha a dizer sem que eu percebesse. Era espontâneo. Com o inglês, eu precisava me distanciar de minha própria expressão, pensar nas palavras e em seu sentido, decidir se podia confiar nelas. Foi uma experiência nada fácil escrever em inglês, falar e lecionar nessa nova língua que me era imposta, muitas vezes diante de um auditório de mentes sofisticadas a quem pouco importava se era a minha língua materna ou se era a quarta que eu tinha de aprender depressa, sob a pressão impaciente dos ouvintes que me avaliavam. Às vezes, era como se eu estivesse num bólido sem visibilidade por estradas escarpadas e desconhecidas. Ou seja, meu trabalho era fonte constante de muita adrenalina. Deixei de escrever despreocupado.

Outros encontros me ajudaram. Rudi Dornbusch e Olivier Blanchard, dois lendários economistas do MIT, tiveram a generosidade de me adotar, mas sem ostentação. A benevolência seca do primeiro contrastava com a perpétua disponibilidade sorridente do segundo.

Toda a imensa ajuda que me deram foi bem discreta. Sempre desconfiei de orientadores que se assenhoreiam de seus estudantes a ponto de tratá-los como objetos de fama ou de carreira. Convém não esquecer que esses dois sérios candidatos ao Nobel não precisavam de mim para nada, nem tirariam qualquer vantagem ou glória da atenção que me davam.

Uma discussão imprevista certa noite com John Kenneth Galbraith, publicada na revista *Afrique 2000*, mostrou-me que uma pessoa tão esclarecida como ele também pode se enganar quando trata de questões de ciência econômica na África ainda não estudadas a fundo. Outra, com Robert Solow, o inventor da teoria do crescimento e primeiro prêmio Nobel sobre o assunto, ajudou-me a explorar os mistérios da produção de riqueza econômica. Eu, vindo de um país onde simplicidade e humildade eram tão raras como ovos de esturjão, sentia a gentileza de Solow para comigo como algo mágico. Encontrei a mesma gentileza em Édouard Bustin e William Bicknell, que me deram o título de diretor dos programas econômicos do departamento de saúde pública da Universidade de Boston, onde passei semestres memoráveis. Esse gesto de confiança me ajudou a redigir rapidamente dois tratados de economia monetária e financeira e uma versão inglesa do meu ensaio sobre a antropologia da cólera – tornando-se este último, para minha grande surpresa, uma referência obsessiva nos programas de dezenas de universidades norte-americanas.

Por que a economia como carreira? Afinal, eu poderia tentar ganhar a vida como alguns de meus amigos, dando aulas sobre o cinema africano numa universidade de Ontário ou fazendo a exegese da obra de autores africanos numa escola do Arizona. Ficaria bem num cartão de visita. Mas minha escolha de carreira foi, primeiro, uma espécie de determinismo familiar. Meu pai gostava da ciência econômica que ele estudara em Dacar, mas que não praticara como funcionário do Ministério das Finanças. Nunca esqueci uma conversa nossa quando eu tinha treze anos. Estávamos no seu carro, no centro de Mvog-Atangana Mballa, bairro popular de Iaundê. Como toda a família, ele desejava saber o que eu queria ser mais tarde. Respondi sem hesitar: escritor. Mal pronunciei a palavra, o carro saiu da estrada e quase capotou. Por pouco meu pai não teve um ataque cardíaco: ficou alucinado, começou a gaguejar e depois a gritar como um louco, tossindo, a ponto de não conseguir dizer uma palavra, e acabou estacionando o carro. Olhou para mim com um pavor que eu nunca tinha visto nele, acendeu com dificuldade um cigarro e entrou no bar mais próximo. Meu coração disparou. Não podia acreditar que minha intenção provocasse tal drama. Mas devia ter desconfiado: como filho mais velho, eu era o orgulho do meu pai, e ele esperava tudo de mim. Teria vendido sua camisa para me ajudar a "vencer" e viver a vida a que ele não tivera direito.

Ficamos sentados em silêncio naquele bar. Depois de uma ou duas cervejas, ele voltou ao normal e me pegou pelo ombro para falar "como amigo" do meu futuro. Apavorado com a cena que eu acabara de ver, estava disposto a concordar, quanto à escolha de qualquer carreira, com aquele homem que eu amava acima de tudo. Em tom calmo e conciliador, disse-me simplesmente: "Escritor? É uma profissão nobre num país normal. Mas não numa ditadura das bananas governada por um selvagem... Aqui, se você escrever e não elogiar os brutos que comandam o exército, eles o matam sem hesitação. Não têm a mínima consciência". Seu olhar voltou-se para o retrato oficial do então presidente da República, Ahmadou Ahidjo, que estava em todos os lugares públicos, inclusive nos bares mais fuleiros do país. Sem hesitar, logo tranquilizei meu pai: eu entraria no curso que ele achasse bom para mim. Queria corresponder aos sacrifícios que fizera para nos criar. Queria que tivesse orgulho de mim. Mas, para impedir que as ambições literárias continuassem a me assediar, meu pai tirou-me do liceu Leclerc de Iaundê e me matriculou num liceu técnico em Duala, onde eu aprenderia as ciências econômicas e as técnicas quantitativas de gestão. Sabendo que seu amor por mim era incondicional, aceitei a decisão.

Depois, no caso do meu desenvolvimento intelectual, a ciência econômica oferecia a ocasião de melhor entender os mistérios dos destinos cruzados dos povos do mundo e talvez me libertar do pessimismo que, desde pequeno, havia em mim. Eu crescera num mundo onde a história dos quatro últimos séculos documenta e justifica todos os niilismos. A economia, disciplina que estuda a produção e a distribuição da riqueza, era uma elegante tentativa de validar a utopia de outra África possível. Como Samba Diallo, o herói trágico do romance *L'Aventure ambiguë* [A aventura ambígua], de Cheikh Hamidou Kane (Paris, Julliard, 1961), eu também queria entender melhor a dinâmica de minha época e compreender como alguns conseguem "vencer sem ter razão". Queria compreender como um país sem matérias-primas como a Suíça podia ter uma trajetória duravelmente diferente da de outros países como o Mali ou a Bolívia. Queria saber como países habitados por homens e mulheres muito inteligentes como a República de Camarões ou a Nigéria podiam ser mantidos num estado de anomia, ao passo que a Islândia, a Costa Rica ou a Coreia do Sul pareciam ter resolvido seus problemas primordiais – escolas de qualidade, sistema de saúde funcionando, infraestruturas de base. Essa busca me parecia importante porque eu via em torno de mim como a pobreza material facilmente se transforma em pobreza ética e espiritual. Procurava uma explicação aceitável para a observação de meu mentor parisiense Elimane Fall, que costumava explodir: "Sempre que eu tenho um pouco de dinheiro, há alguém perto de mim mais necessitado do que eu". Eu vivia ainda num sonho metafísico que tentava conciliar racionalismo e empirismo.

Enfim, a ciência econômica sempre me impressionou pela solenidade de seu objeto ("A economia é a ciência que estuda como os recursos raros são utilizados, transformados pelas empresas para satisfazer as necessidades do homem que vive em sociedade", segundo Edmond Malinvaud, *Leçon de théorie macroéconomique* [Aula de teoria macroeconômica], Paris, Dunod, 1982), pela simplicidade de seus postulados e raciocínio (os agentes reagem a sistemas de incitação), pelo imperialismo de sua metodologia (aplicável a muitas outras disciplinas das ciências sociais) e pela elegância dos enunciados matemáticos que permitem especificar a clareza dos postulados de seus raciocínios. Sempre fiquei impressionado com os usos sutis das técnicas estatísticas para identificar as variáveis significativas em qualquer proposição e demonstrar tão rigorosamente quanto possível as correlações e o sentido de causalidade. É verdade que a linguagem esotérica que é a vanglória de certos economistas dá a impressão de algo superficial e até infantil. Mas eles não são os únicos nem os piores, cada profissão inventa o seu jargão a fim de legitimar certo mistério. Foi portanto com prazer que, em Boston, eu voltei à prática da econometria.

Ensinar a micro e a macroeconomia a alunos que tinham pouco interesse pela África, seguir em cada aula o programa oficial aprovado pelos administradores da universidade, preparar sempre os mesmos cursos, discutir firme com colegas cuja percepção da África e dos africanos me dava vontade de rir, pareceu-me muitas vezes cruelmente superficial. Além disso, embora minhas publicações sobre economia e finanças recebessem cumprimentos corteses dos responsáveis administrativos, havia os que não deixavam de dizer que gostariam de ver minha energia voltada para temas de pesquisa que trouxessem recursos para a universidade. Analisar a eficácia e a pertinência do sistema bancário na África, as técnicas de medida da taxa de câmbio, de equilíbrio ou de otimização de uma zona monetária africana parecia estranho demais para certos gestores universitários que esperavam que os professores participassem do processo de mercantilização característico da economia norte-americana. Sugeriram, por exemplo, que eu estudasse a economia local de Massachusetts ou concentrasse meu esforço nos hábitos de consumo dos negros norte-americanos – temas em si interessantes, mas que me pareciam um pouco exóticos e, sobretudo, menos importantes que os assuntos que assolavam minha consciência de africano. Para escapar a essa pressão das forças do mercado – das quais, aliás, entendia a lógica e a justificativa –, eu aceitava com satisfação os convites para visitar as universidades americanas ou europeias e aproveitava minhas conferências para arejar a mente e pensar nas inflexões que eu desejava dar à vida profissional. O Banco Mundial logo se impôs como um lugar onde eu poderia conciliar minhas preocupações contraditórias. Oferecia-me a possibilidade de uma mudança de óptica, de ver a África de outro modo.

O Banco Mundial: o niilismo ativo

A notícia de minha ida para o Banco Mundial suscitou várias dúvidas. Algumas boas almas que se julgavam com o direito de ditar minha trajetória pessoal e profissional me fizeram várias críticas – às vezes pela imprensa. Como era possível? Como podia eu me "comprometer" a tal ponto? Como podia aprovar "as políticas econômicas" da instituição que promove a "globalização sob todas as formas", "dita suas condições aos Estados africanos" e "endivida e empobrece os países pobres", não passando de um "instrumento do imperialismo norte-americano no mundo"?

Certos autores desses questionamentos irônicos mal escondiam sua surpresa invejosa por eu entrar para uma das mais prestigiosas instituições financeiras e de análise econômica do planeta. Tinham razão: eu não tinha méritos especiais para essa nova "carreira" que se abria diante de mim. Conheço muitos africanos e gente de vários outros países que mereceriam tal oportunidade. No filme *Garde à vue* [*Cidadão sob custódia*], cujos diálogos foram escritos por Michel Audiard, o personagem de Michel Serrault, acusado injustamente de crime, explica ao delegado de polícia que é difícil as pessoas admitirem que alguém tão medíocre quanto elas possa ter vencido na vida. "Os medíocres aceitam a vitória dos seres excepcionais. Aplaudem os superdotados e os campeões. Mas o sucesso de alguém parecido com eles os deixa exasperados... Soa como uma injustiça..." Porém, assim é a vida.

Trabalho no Banco Mundial em Washington há dez anos e, no entanto, nunca me senti coagido pela instituição a "defendê-la". Nem ela precisa disso: tem 12 mil empregados em tempo integral nos seus 167 escritórios no mundo inteiro. Conta com milhares de especialistas em diversas matérias, cada qual com seu itinerário filosófico próprio e sua visão de mundo. Logo, a instituição não é uma seita cujo guru onipotente e infalível ditaria os preceitos de política desenvolvimentista. Pensar que um engenheiro chinês formado na Universidade de Xangai, um antropólogo brasileiro da Universidade de São Paulo, um médico egípcio formado na Universidade de Moscou ou um economista senegalês que estudou na Universidade de Pau veem o mundo de forma idêntica simplesmente porque os quatro trabalham no Banco Mundial seria uma espantosa ingenuidade. Essa diversidade total dos currículos, dos campos de excelência, dos percursos individuais e das visões de mundo é consubstancial à instituição, que não é monolítica.

Eu mesmo, quando tive a função de economista principal responsável pelo diálogo sobre os programas macroeconômicos em países tão diferentes como Burkina Fasso, Lituânia, Letônia, Estônia, Armênia ou Albânia, não me lembro de ter recebido, como Moisés, as Tábuas da Lei às quais devesse me referir para evangelizar os ministros das Finanças que foram meus interlocutores naqueles países. A famosa "política do Banco Mundial" de que tanto se fala só ocorre nos países mal governados como Camarões, onde os encarregados da política nacional são demasiado preguiçosos ou cínicos para propor uma visão correta do país e as estratégias necessárias para concretizá-la.

Porque há uma coisa que os especialistas do desenvolvimento entenderam bem há meio século: não existe uma receita mágica para tirar um país da pobreza material. A grande diversidade de experiências de países como a Coreia do Sul, a China, o Chile e Botsuana confirma que, mesmo que o Banco Mundial quisesse, não teria nenhuma equação secreta para impor a nenhum país. Afinal, como Banco, sua principal função consiste em "vender dinheiro" e, acessoriamente, dar "conselhos" ou fornecer uma eventual "assistência técnica", em domínios limitados. Ora, o fato de lhe atribuir mais poder do que ele tem equivale a inocentar muito facilmente os ditadores africanos e seus conselheiros estrangeiros que usaram a miséria como um fundo de comércio político e, também, a infantilizar as populações africanas como se elas não tivessem a mínima capacidade de análise e de discernimento.

Quando se trata da questão do superendividamento dos países africanos, é difícil tocar no assunto sem cair no jargão do economismo. Digamos que o endividamento em si nada tem de repreensível, sobretudo para países com enormes necessidades de infraestrutura, fraco nível de poupança e acesso limitado aos instrumentos de financiamento mais sofisticados que os mercados financeiros privados oferecem. O essencial para qualquer decisão de endividamento é que ela passe pelo teste do mercado, ou seja, que os fundos armazenados financiem investimentos produtivos – aqueles cujas taxas de rentabilidade são positivas. Foi justamente porque os dirigentes africanos ignoraram por muito tempo essa regra elementar das finanças que eles arruinaram a credibilidade de seus países e não conseguiram mais credores privados para financiar seus delírios. Ao se dirigirem ao Banco Mundial, já estavam em situação de superendividamento. E o essencial dos empréstimos que esse banco oferece aos países africanos é praticamente sem juros, isto é, em condições que, em longo prazo, equivalem a doações. Aliás, há quase duas décadas, assiste-se até a cancelamentos em série da dívida externa africana, sem que isso leve a uma melhoria notável das economias. Eis a prova de que, por mais difícil que seja o peso da dívida, mesmo sem juros, os problemas essenciais dos países africanos encontram-se alhures. Estão na ausência de visão estratégica dos que pretendem governar, no desprezo ativo de uma elite política ocidental que só vê o continente como inferior, na interiorização do fatalismo e na aceitação da infelicidade por muitos africanos. Isso se reflete em quatro déficits profundos que se reforçam mutuamente: o déficit de autoestima e de confiança em si, o déficit de saber e de conhecer, o déficit de liderança e o déficit de troca e de comunicação.

O Banco Mundial como "instrumento do imperialismo norte-americano no mundo"? O argumento deve ter tido validade em determinada época, mas já perdeu o brilho e a força. Sobretudo porque a tentação imperialista não é monopólio dos Estados Unidos: num mundo em que vale tudo para proclamar o nacionalismo, inclusive o jogo de futebol mais insípido, as ambições de grandeza dos norte-americanos são cada vez mais pueris e ineficazes. Os atentados do

11 de setembro democratizaram a vulnerabilidade à violência aleatória e mostraram que os gigantes têm pés de barro. Nesse contexto, uma instituição financeira, além do mais multilateral, mesmo que coroada com o grandioso título de "banco mundial", não conseguiria devolver a grandeza do Império norte-americano. Não é, aliás, sua pretensão.

Trabalhar nessa instituição que deseja audaciosamente erradicar as diferentes formas de pobreza do mundo – nada mais que isso! –, interagir com certas figuras entre as mais admiradas da profissão econômica (Joseph Stiglitz, Stanley Fischer, François Bourguignon) ou as mais controvertidas do planeta (Paul Wolfowitz), me liberou, paradoxalmente, do ressentimento e da ditadura de um pensamento único. Senti cada vez menos a tirania do ser verdadeiro e transcendente. As reuniões do conselho de administração em que aconteceu de eu apresentar ocasionalmente um programa de reformas macroeconômicas para a Letônia, defender um plano de combate ao desemprego na Albânia ou discutir estratégias de redução da dívida externa da Nigéria reforçaram meu cepticismo diante das metafísicas grandiosas e das ideologias. Como nunca fui adepto das teorias do afrontamento, que pressupõem verdades centrais rígidas, a visão das coisas que me é oferecida pelo meu universo profissional é a de um mundo onde as ideias são numerosas e infinitas, onde já não há fundamentos, nem no plano metafísico nem no plano das ideologias políticas. Minha perspectiva sobre o mundo dos "especialistas" que julgamos depositários de um saber hierático e soberano é, na realidade, a imagem de homens e de mulheres que balbuciam diariamente perante a enormidade da tarefa que têm pela frente. Isso fortalece minha convicção de que o "desenvolvimento econômico" e a "democracia" (sejam quais forem suas definições) não podem se basear *na* verdade dos especialistas. De fato, no momento, meu trabalho me inclina para o "niilismo ativo" de Gianni Vattimo. Sinto-me muito à vontade para criticar sistemas metafísicos e sistemas revolucionários.

Minhas funções atuais – que têm o título solene e modesto de conselheiro do primeiro vice-presidente – ajudam-me a relativizar as dialéticas centro-periferia e mestre-escravo no mundo atual, onde o jogo misterioso das alianças com base em interesses diversos produz as dinâmicas mais inesperadas. Ajudam-me também a evitar a tentação de transformar espíritos marginais em grandes personagens da história. Porque, vistas de minha despretensiosa sala cuja janela dá para a Pennsylvania Avenue, as ideologias perdem quase toda a mistificação. É verdade que algumas, conservando a capacidade de sedução e de fascínio, permitem mobilizar de vez em quando alguns idealistas admiráveis que, sem se dar conta, se julgam donos de verdades infalíveis. Mas a generosidade ingênua desses manifestantes que gostariam de refazer o mundo à sua imagem não muda nada na questão fundamental do seu raciocínio, que postula a existência de especialistas ou de autoridades morais e políticas capazes de definir exatamente o que devem ser o "desenvolvimento econômico" e a "democracia". Neste Banco Mundial onde convivem diariamente milhares de pessoas formadas nas melhores instituições acadêmicas e provenientes de todos os países do planeta, cada qual armada com sua experiência de vida, suas convicções morais e religiosas e seu percurso profissional e espiritual, já não sinto falta de fundamentar o poder numa verdadeira estrutura que bastaria ser encontrada para resolver nossos problemas existenciais.

A diáspora: os lances do egocentrismo

Ao observar a agressividade com que muitos imigrantes asiáticos – sobretudo chineses e coreanos – se integram no que eles pensam ser a identidade norte-americana (adoção de nomes ingleses, explorando intensamente todas as redes de sucesso social que lhes oferece o país), uma parenta minha comentava que os africanos da diáspora parecem ter mais dificuldade para fugir da profunda saudade que sentem. Mesmo depois de morar nos Estados Unidos há várias gerações e de serem, portanto, americanos como os outros, conservam por mais tempo a ilusão do paraíso perdido e mantêm a esperança de retornar um dia, como vencedores, à terra prometida que eles sempre sentem ter deixado em má hora. Carregam em si uma insaciável necessidade de reabilitação e de finalidade.

Sua tendência é viverem segregados, muito voltados para si mesmos. Alguns exemplos dessas existências autocentradas: suas redes de amizade (quase sempre superficiais) não passam de pequenos grupos de compatriotas, em geral gente que se conheceu na escola e que partilha o medo de envelhecer no estrangeiro. Não têm muita vontade de conhecer a sociedade onde vivem. Viajam pouco pelo país do qual têm o passaporte ou o *green card* e sabem falar a língua. Suas diversões limitam-se a festas organizadas sob qualquer pretexto – em que as mulheres têm de preparar as comidas tradicionais de sua terra – e a orgias extravagantes. Como se, por terem passado fome na infância, continuassem sob a síndrome da penúria. Ostentar sinais de abundância material serve assim para apagar a lembrança da miséria e da indigência e para validar, aos próprios olhos, o que eles consideram sinal de vitória social.

Um colega indiano que consegui arrastar certo dia para uma dessas festas organizadas pela nossa diáspora ficou tão impressionado com a quantidade de carros de luxo lá estacionados, com o currículo intelectual e profissional dos homens e mulheres presentes, com a quantidade de iguarias e de champanhe nas mesas e a insuperável energia dos dançarinos de *ndombolo* vestidos de seda, terno ou *smoking* que se atreveu a me perguntar com muita diplomacia: "Todos esses homens e mulheres tão importantes e que dispõem de tantos recursos estão envolvidos nas grandes questões de desenvolvimento político, econômico e social do seu país?”. Meio sem jeito, respondi que as coisas eram um pouco complicadas... Enfiando mais a faca na ferida, ele fez de conta que não havia entendido minha esquiva. “Como assim?”, insistiu, fingindo ingenuidade. “A imagem tradicional da África é a de um continente a quem faltam homens qualificados. Mas tenho a impressão de que não é verdade... Deve haver milhares de compatriotas seus aqui na região de Washington cujas carreiras e vidas são de fazer inveja a qualquer um. Creio que o mesmo ocorre em Nova York, Chicago ou Los Angeles... e talvez também no Canadá e na Europa. Como vocês não conseguem, com tal capital humano, organizar-se para melhorar as condições de vida no seu país?” Preferi não responder, sem tempo nem vontade de lhe traçar uma sociologia da diáspora dos meus conterrâneos em Washington.

Poderia ter-lhe dito que essa diáspora culta e em excelente situação financeira reflete e amplia todos os sectarismos da nossa sociedade africana. Apesar do empenho no trabalho e do entusiasmo por vezes pueril com que acompanha a vida política e social do seu país, está de fato tão desconectada que não passa de um tigre de papel. São seres apegados a suas existências antigas, prisioneiros de sensações e lembranças desgastadas. Não se libertaram dos medos gratuitos e dos complexos acumulados no caminho do exílio nem da dor que custou chegar ao nível da sociedade norte-americana. Não é sempre que mostram o olhar vivo e o nível de curiosidade que os ajudariam a enriquecer sua visão do mundo. Prisioneiros desesperados de si mesmos, parecem incapazes de sentir emoções novas, de enfrentar cada dia com o olhar límpido e a abertura de alma necessários para explorar melhor as oportunidades deste novo mundo. Convencidos de que seu êxito profissional lhes dá direitos sobre a sociedade de onde vieram, mantêm tal dose de desprezo e de desconfiança entre si que fica praticamente impossível se unirem para trabalhar por um objetivo comum

– pois associar-se a um compatriota para realizar qualquer atividade representaria, para eles, largar uma parcela da glória conquistada com tanta dificuldade e descer do pedestal. Ora, não é nada disso.

Há alguns, contudo, que superam as crises do ego e aderem a associações com o objetivo de financiar microprojetos de desenvolvimento. Os mais neuróticos agem assim às vezes para tranquilizar a consciência. Outros veem isso com uma espécie de resignação abstrata ou chegam até a proclamar que a terra natal lhes deve reconhecimento. Depois, um dia, descobrem com espanto e certa vergonha que o alcance real de suas pequenas iniciativas é muito limitado: as imensas necessidades e a ação nociva das autoridades nacionais são de tal ordem que o dinheiro e o material recolhidos pela diáspora não conseguem mudar grande coisa no destino dos compatriotas que permanecem no país. Mesmo quando seus generosos donativos chegam a contornar a avidez dos guardas e outros funcionários corruptos dos quais depende a licença para empreender qualquer ação social, inclusive a distribuição gratuita de remédios nos centros de saúde rurais ou de livros nas escolas dos bairros pobres, a ação da diáspora parece um grão de sal perante o oceano. Pois a caridade de alguns indivíduos que moram a milhares de quilômetros e cujas únicas armas são a bondade, a sensibilidade e a indignação, por mais que seja um sinal animador, não basta para melhorar de forma duradoura a vida das populações nem para "desenvolver" um Estado digno deste nome. Tal constatação desencoraja as melhores vontades, cada qual se sentindo vítima da própria ingenuidade. Esse tipo de decepção poderá ter progressivamente virtudes pedagógicas: os cidadãos da diáspora talvez entendam a ilusão de suas tentativas individuais e inócuas para aderir com modéstia às raras iniciativas de valor que merecem apoio – as que foram criadas e dirigidas por cidadãos que moram no próprio país e que não buscam manter o egocentrismo e o simbolismo do "êxito social", mas sim libertar o imaginário coletivo.

Tentativa de balanço: esplendor da derrota

"Certas derrotas são mais honrosas que as vitórias", proclamava orgulhoso um político francês após a eleição em que seu partido não obteve bons resultados. Esse comentário me foi lembrado recentemente por um cientista político que teve a coragem de fazer um balanço dos acontecimentos políticos da República de Camarões desde a década de 1990. Sugeria ele assim, discretamente, que nossa ação tinha sido, se não inútil, ao menos ineficaz, mas que podíamos nos contentar de a haver revestido de certa dignidade. Eu poderia tê-lo seguido nesse terreno e responder como Fernando Pessoa:

> Leve eu ao menos, para o imenso possível do abismo de tudo, a glória da minha desilusão como se fosse a de um grande sonho, o esplendor de não crer como um pendão de derrota – pendão contudo nas mãos débeis, mas pendão arrastado entre a lama e o sangue dos fracos, mas erguido ao alto, ao sumirmo-nos nas areias movediças, ninguém sabe se como protesto, se como desafio, se como gesto de desespero. Ninguém sabe, porque ninguém sabe nada, e as areias engolfam os que têm pendões como os que não têm (*Livro do desassossego*: composto por Bernardo Soares, ajudante de guarda-livros na cidade de Lisboa / Fernando Pessoa. São Paulo: Companhia das Letras, 2002. p. 88).

Como a areia, o tempo recobre todos os nossos atos. Só levamos conosco a consciência deles, "vitórias" ou "derrotas" que alguns brandem e que são erguidas como esplêndidos estandartes.

A distância e o retrospecto me obrigam a algumas perguntas sobre os resultados (provisórios) dos atos que pratiquei, em companhia de muita gente, no campo político: tudo aquilo valeu a pena? Ajudamos de algum modo a "modificar o país" da maneira como proclamávamos num livro publicado na penumbra da semiclandestinidade em 1990? Certos fundadores de partidos políticos que se tinham achegado silenciosamente ao nosso movimento para depois tentar vantagens políticas não demoraram, aliás, a revelar suas intenções profundas. Um dos principais fundadores do CLCM, o mesmo que dirigia a temerária marcha de protesto nas ruas de Garoua em 10 de janeiro de 1991, marcha em que morreram três pessoas, aceitou rapidamente uma função ministerial no "governo" que combatíamos. Eu não tinha o cinismo de alguns "amigos" que proclamavam não ser possível deter-se em minúcias ou numa introspecção fútil, pois "não se faz omelete sem quebrar ovos". Para mim, era cruel demais. Nunca me senti dono da ética nem ficaria satisfeito com a morte de alguém. Mesmo podendo parecer ingênuo demais, sempre sofri diante dos enormes sacrifícios humanos aceitos por gente de todas as condições e origens que tentava validar a ideia de país que eu propunha nos meus textos. Pois, a meus olhos, a verdadeira vitória consiste não apenas em neutralizar, aniquilar ou derrubar um regime político execrável, mas também em transformar os corações dos inimigos artificiais que o compõem. A vitória é essa ambição de "dupla vitória" a que se referiam Mahatma Ghandi e Martin Luther King.

Seja como for. A questão do balanço dos movimentos de oposição africanos que se manifestaram por todo o continente após a queda do Muro de Berlim volta sempre. Tanto os que haviam apoiado nosso movimento como os que se mostraram indiferentes ou desconfiados sempre me fazem essa pergunta, que continua arbitrária: por que tentar fazer um balanço hoje e não daqui a dez, vinte ou cinquenta anos? Por que afirmar que esses movimentos apareceram exatamente na época em que os europeus do Leste decidiram assumir seu destino político? Afinal, a história da luta contra a opressão na África é um processo de sedimentação de ideias e de ações mais ou menos visíveis e mais ou menos espetaculares, difícil de "situar" e quantificar de modo tão apressado. Minha modesta contribuição – com a de muitos outros –, no início da década de 1990, não era a primeira numa página em branco. Agíamos ajudados pela perspectiva histórico-política diacrônica. Não éramos uma geração espontânea nem personagens fora do real aparecendo sobre um fundo plano como as personagens dos quadros de Francis Bacon ou de Nicolas Ondongo. Não. Qualquer recorte do *continuum* temporal é fatalmente um exercício aleatório.

A questão de uma tentativa de balanço, mesmo injusto, tem, porém, certa dose de legitimidade para mim, pois vivo obcecado pela lembrança e pelo olhar de nossos mortos. Convém encontrar uma resposta – além do que diria Fernando Pessoa. Não sem antes assinalar que, no plano conceptual, a ambição de medir o processo de democratização e de enunciar uma teoria comparativa da liberdade e do bem-estar político é um verdadeiro desafio[1]. No plano empírico, a diversidade das situações e a complexidade das evoluções políticas africanas impõem também a humildade na análise. Os diagnósticos generalizantes e definitivos como "a democracia fracassou na África" ou, ao contrário, "o balanço da liberalização política ao sul do Saara é positivo" partem de apreciações impressionistas. Não respondem aos esforços e sacrifícios das populações que acreditaram e continuam acreditando na possibilidade de dias melhores. É urgente aguardar a chegada e a validação de técnicas incontestadas de medida dos fluxos políticos e de instrumentos de análise da percepção subjetiva que as próprias populações têm de seu nível de bem-estar político.

1 Ver C. Monga, *Measuring Democracy: A Comparative Theory of Political Well-Being*, Boston, Boston University African Studies Center, "GRAF Working Papers", 2 v., 1996. E *L'inflation du politique: une théorie de la consolidation démocratique en Afrique*, Boston, Boston University African Studies Center, "GRAF Working Papers", 1997.

Tratando-se da República de Camarões, é possível ao menos constatar que o otimismo delirante do início transformou-se aos poucos em irritação silenciosa ou em resignação (provisória). A maioria dos líderes de oposição que haviam entrado na batalha logo perdeu o fôlego politicamente. Aqueles que não apoiaram os "governos ilegítimos" que eles execravam ontem, hoje aparecem como objetos curiosos, mentalmente desgastados. O que aconteceu?

Convidado há alguns anos pelo cientista político norte-americano Nicolas van de Walle para fazer uma conferência na Universidade de Michigan sobre as evoluções comparadas dos processos de democratização no Leste Europeu e na África Subsaariana, tive a oportunidade de enumerar os motivos do que parece uma evolução política diferenciada entre essas duas regiões do mundo. O grande desprezo do Ocidente pelas transformações sociais na África parecia-me uma primeira explicação importante. Enunciar as coisas com essa clareza bastou para provocar mal-estar no auditório cheio de bons sentimentos e composto de sinceros militantes da causa terceiro-mundista. No entanto, as atitudes e tratamentos diferenciados em relação aos líderes de oposição mostram isso de modo convincente.

Quando um operário eletricista polonês de Gdansk, chamado Lech Walesa, criou, em 1980, um sindicato chamado Solidariedade para pedir que a ditadura militar do general Jaruzelski concedesse um mínimo de direitos aos trabalhadores de seu país, o mundo inteiro correu para ajudá-lo sem a mínima hesitação. Em todas as capitais ocidentais, os homens políticos de qualquer tendência se puseram ao lado do novo sindicato, fazendo do seu fundador, de um dia para o outro, um herói do anticomunismo e um teórico da democracia. Do presidente norte-americano ao seu homólogo francês, passando pela primeira-ministra inglesa e pelo chanceler alemão, todos alertaram rapidamente o ditador polonês contra a tentação de perseguir

Walesa. Mais ainda: muitas organizações da sociedade civil se propuseram a ajudar os fundadores do Solidariedade: o jornal francês *Le Monde* mandou-lhes uma impressora para garantir a publicação regular da revista deles. Nos Estados Unidos, editores de prestígio convidaram os intelectuais do grupo para escreverem livros sobre a sua visão do mundo. O papa João Paulo II, também polonês e ex-arcebispo de Cracóvia, deu todo o seu apoio aos descontentes com o regime comunista, invocando o Evangelho como fonte de inspiração da luta pelos direitos humanos. Ao termo de alguns meses, o eletricista de Gdansk tornara-se uma referência intelectual, uma personalidade mundialmente conhecida e admirada – a quem até o prêmio Nobel da Paz foi atribuído (1983), como para protegê-lo definitivamente das ameaças do regime militar polonês da época.

Ninguém põe em dúvida toda a coragem de Lech Walesa e seus companheiros. Mas o que me intrigou nessa efervescência foi o desprezo que as boas consciências ocidentais mostraram na mesma época para com líderes africanos que faziam o mesmo que os poloneses. Na Costa do Marfim, por exemplo, um professor de História da Universidade de Abidjã tinha iniciado um sindicato de professores e pedia um suplemento de direitos humanos para seus compatriotas – exatamente como Walesa. O historiador se declarava de esquerda, pois seu partido político clandestino era membro da Internacional Socialista. Isso não impediu que o ditador de seu país o mandasse para a prisão sem suscitar nenhuma reação das embaixadas de Washington, Londres, Paris ou Bonn. Pior: quando ele conseguiu fugir da prisão e se refugiou em Paris, onde se julgava diante de um governo que partilhava suas ideias socialistas, o sindicalista africano que se julgava melhor que Lech Walesa teve recusado seu pedido de refugiado político. Aliás, ele só escapou da extradição porque o chefe de Estado da Costa do Marfim não queria mais vê-lo no país. Nesse momento, João Paulo II ficou calado: a democracia na África era um assunto complicado demais para que ele se pronunciasse. O soberano pontífice preferiu calar-se, desprezando assim a necessidade de Deus que sentiam centenas de milhões de fiéis por todo o continente. A África era o lugar de suas viagens mais pitorescas, das multidões coloridas aclamando-o pelas ruas das cidades varridas às pressas, das basílicas gigantescas em países onde as crianças morriam de fome, das missas privadas celebradas em honra de Mobutu Sese Seko e sua família, e de discursos cheios de elogios às qualidades de homens de Estado como Paul Biya e outros potentados negros.

Walesa, o operário eletricista, era portanto celebrado unanimemente no Ocidente, no momento em que as aspirações democráticas dos líderes políticos e dos intelectuais africanos, aliás formados nas melhores universidades da França, Inglaterra ou Estados Unidos e tendo demonstrado uma coragem e qualidades de liderança pelo menos idênticas, eram afastadas com um simples gesto. Será autêntica a sua busca de liberdade? Era o que se perguntava com ar sério nos gabinetes políticos e diplomáticos de Paris ou Londres. Seus líderes estarão à altura dessas reivindicações? Têm a competência técnica necessária para conduzir uma república? Surgiam muitas perguntas que não ocorreram quando se tratou de responder às demandas democráticas feitas por operários eletricistas e por sindicalistas poloneses, romenos ou búlgaros. Jacques Chirac, líder político francês de primeiro plano e futuro chefe de Estado, não mediu as palavras: durante uma viagem a Abidjã, proclamou com firmeza que "a África não tinha tradição democrática" e que "a democracia é um luxo para a África". Como se os países do Leste Europeu (com exceção da ex-Tchecoslováquia) tivessem tido algum dia uma tradição democrática – antes mesmo da imposição dos regimes comunistas. Entende-se a decepção de muitos africanos quando, anos depois, o Ocidente se voltou contra um ditador do Zimbábue porque ele decidiu desapropriar muitos fazendeiros brancos. Ora essa! Por que tanto empenho em condenar um chefe de Estado africano cujo balanço em matéria de direitos humanos não é decerto pior que o de outros de quem a imprensa europeia e norte-americana não diz nada? Como explicar que a famosa "comunidade internacional" esteja disposta a utilizar todos os meios para prender genocidas na Bósnia ou no Kosovo, e se perca em debates semânticos sobre a maneira de fazer o mesmo no Darfour? Será que a vida de um branco equivale à de vários pretos assim como, na notação musical, uma mínima (branca) vale o mesmo que duas semínimas (pretas)?

A existência de uma tradição democrática ou de uma consistência histórica na busca por liberdade, bem como a de homens "bem preparados" para a conceptualização e para a gestão da liberdade, será de fato condição prévia para o êxito da ideia democrática? Na história, não há muitos exemplos desse tipo. A busca de liberdade parece tão ligada à vida humana que a democracia se instala em todo lugar como se brotasse do nada. Tanto quanto os famosos "pais" da Independência dos Estados Unidos, os revolucionários franceses de 1789 não precisaram de nenhuma formação prévia para construir sistemas políticos defendendo os cidadãos do poder arbitrário! A ausência presumida de "cultura democrática" (aliás, incapaz de ser definida de modo rigoroso) não impediu os países do ex-Bloco do Leste Europeu de organizarem um processo de democratização que parece suscitar o interesse e o otimismo de pesquisadores conceituados. Quando os ucranianos vão inesperadamente para as ruas de Kiev e exigem mudanças institucionais no país, ninguém se preocupa em estudar a intenção e as motivações étnicas dos manifestantes. A opinião pública ocidental se mobiliza para apoiar esses movimentos. Câmeras de TV da CNN e da BBC ficam de plantão praticamente dia e noite para manter a chama da revolta e pressionar os dirigentes políticos do mundo inteiro. Quando os mesmos fatos ocorrem em Conacri ou em Iaundê, os responsáveis pela grande mídia internacional acham que a decisão pela reportagem precisa ser analisada sob o ângulo da rentabilidade financeira. Os raros jornalistas que se referem a esses acontecimentos insistem na intensidade das ligações étnicas e de seu peso na vida política africana, esquecendo que os mesmos esquemas são determinantes na vida política de Chicago ou Boston. A África precisa provar uma "maturidade política" para que sua ambição democrática seja levada a sério. Só ela é vítima do mito do atraso político.

O desprezo ativo do Ocidente e seu desinteresse geopolítico pela África, consequência do fim da Guerra Fria, não justificam as falhas das elites políticas africanas. Primeiro, a maioria dos governantes contestados soube se renovar e, em certos casos, até reverter em proveito próprio as transformações sociopolíticas. Muitos autocratas africanos de quem se predizia a queda conseguiram não só permanecer no poder mas até, às vezes, consolidar o seu domínio sobre o país e desviar o rumo das discussões – enquanto os ditadores do antigo Bloco do Leste Europeu desabavam um após o outro. Depois, a atividade política dos líderes de oposição redundou numa propensão à atomização dos seus movimentos e, várias vezes, ao fim da busca por transformações. Apesar da instauração de um pluripartidarismo administrativo, o discurso público permaneceu unidimensional: os atores políticos de todos os horizontes compartilhavam o mesmo imaginário. Incapazes de suscitar ideias novas, os oponentes se uniram aos governos que eles antes denunciavam com furor e mergulharam na amargura. Formaram partidos políticos centralizados e rígidos que não se diferenciam dos antigos partidos únicos nem pelo grau de exigência ética, nem pelo modo de funcionamento, nem mesmo pelo posicionamento ideológico. Essa semelhança com a velha ordem suscitou a ideia de que o pluripartidarismo africano não passa afinal de um sistema de múltiplos partidos "únicos".

Mesmo assim, cabe falar de fracasso? Não creio em fracasso nem em vitória, duas faces da mesma moeda. Como diz Cioran, basta passar meia hora num cemitério para perceber isso. E, mesmo que as ciências sociais conseguissem instrumentos aceitáveis para medir as evoluções sociopolíticas – confesso ter utilizado técnicas quantitativas das ciências econômicas para construir um "índice de democratização"[2] –, logo esbarrariam nos obstáculos teóricos subjacentes à discussão. Porque o substrato filosófico sobre o qual são enunciadas as noções de vitória e de derrota é inseparável da questão da verdade. Ora, não é em alguém nascido na República de Camarões e que foi, ao mesmo tempo, objeto e beneficiário de todas as injustiças imagináveis que se vai incutir a ideia platônica de *A* verdade, ou a quem se falará da infalibilidade do sujeito kantiano, depositário de sabedoria, hierático e soberano. Como cresci em New Bell, bairro popular de Duala onde as discussões entre vizinhos miseráveis sobre questões corriqueiras como a fila para pegar água no poço podiam se transformar rapidamente em brigas metafísicas sangrentas sobre o bem e o mal, e como vivi nesta África que produziu o *apartheid*, os facões de Ruanda, os crânios de Darfour, as mulheres estupradas do Congo, os bebês mutilados de Serra Leoa – ou as crianças escravas da Costa do Marfim – e, ao mesmo tempo, o gênio sofisticado de Cheikh Anta Diop, a poesia vulcânica de Paul Dakeyo, a nobreza indignada de Jean-Marc Ela e de Wole Soyinka, a filosofia sinfônica de Fabien Eboussi Boulaga, os concertos místicos de Francis Bebey, o timbre

2 C. Monga, "L'indice de démocratisation: comment déchiffrer le nouvel aide-mémoire de l'autoritarisme", *Afrique 2000*, nº 22, jul.-set. 1995, p. 63-77.

sem complexos do saxofone e o riso cavernoso e desmistificador de Manu Dibango, não precisei ler Nietzsche nem Michel Foucault para perceber que a busca da verdade é uma viagem sem fim.

A reflexão sobre a política não pode ser reduzida a discordâncias ideológicas. Mesmo nos países onde se julgou haver celebrado a "vitória" da democracia há muitos séculos, a história da legitimação das instituições sociais é um questionamento permanente. Em filosofia política, percebe-se que, para ser válida, a crítica do pensamento totalitário deve ir além das trivialidades que alimentam o discurso sobre o choque de civilizações. Num mundo dominado pelas dinâmicas do mercado e pela tentação do darwinismo, é preciso retornar às raízes da ideia democrática em si, tal como foi sonhada, articulada e posta para funcionar, e questionar seus silêncios e excessos. Sob esse aspecto, Washington me oferece um observatório para meditar sobre o esplendor de nossa derrota e aprimorar a pedagogia da dúvida e da vitória sobre si, da qual meus compatriotas e eu tanto precisamos.

Washington: a desilusão domesticada

Um amigo que mora em Duala me fala sempre do que, para ele, é o pior pesadelo: ter de acabar sua vida fora do país, de andar, por exemplo, pelas ruas de Washington como um senhor aposentado, meio careca, arrastando sua amargura desiludida e seu cachorro pelos jardins incolores da capital norte-americana. É claro que é o seu jeito de mostrar o que me espera. Mas não há perigo. Meu atual exílio às margens do Potomac é apenas uma etapa. Dá-me a oportunidade de olhar a África sem muita ilusão de óptica. Ajuda-me a rir das caricaturas primitivas que a mídia apresenta dela diariamente – inclusive os veículos mais "progressistas" e mais "sérios", como CNN, *Washington Post* ou *New York Times* – e que, paradoxalmente, mostram a melancólica beleza e a riqueza étnica do meu continente. De Washington não custa nada fazer um retrato assim sombrio da África.

Toni Morrison se diverte ao lembrar o racismo invertido de George Wofford, seu pai, que achava que seus compatriotas brancos eram seres "moralmente inferiores", pois tinham tido a coragem de tratar os índios e os negros da América com incrível crueldade. Chinua Achebe expressa com mais elegância o mesmo desprezo pelo etnocentrismo quando sugere que seu povo nunca teria mostrado tal dose de arrogância: "Não posso imaginar [*meu povo*] os igbos percorrendo milhares de quilômetros para dizer a outros povos que suas cosmogonias estão erradas". Tive a triste ocasião de ver africanos agirem de um modo que Wofford talvez tivesse considerado "moralmente inferior", os quais, por seu imperalismo moral, teriam surpreendido Achebe. Não estou em posição de distribuir críticas nem cumprimentos; a vida nos Estados Unidos me ajuda a não aceitar a homogeneidade e a força presumida das identidades de grupo.

É uma vida monótona e sem asperezas que permite a introspecção. Posso repensar, por exemplo, no heroísmo – que é a simples metáfora do estoicismo de milhões de mulheres africanas – sem ostentação de minhas irmãs que ficaram em nossa terra, fonte perpétua de modéstia e de inspiração. A elegância de sua resistência à miséria é provavelmente a imagem mais forte dessa África que vejo quando fecho os olhos. Difícil de escrever sobre isso sem correr o risco de um populismo tóxico que consistiria em mostrar o lado estético do sofrimento ou em romancear a dor. Partilho intimamente seus sonhos e decepções. Mas, como explorei horizontes que elas não conhecem, não me sinto com direito de avaliar sua felicidade. Sinto-me indignado diante de suas terríveis condições de existência.

Mas já não me irrito com a alegria de viver dessas mulheres que não se sentem infelizes.

Desta América obcecada pela fama de democracia modelo, tendo eu visto como se organizam as eleições na Flórida ou em Ohio para que vença um candidato ou um partido, tendo eu visto como os juízes da Suprema Corte mais independente do mundo reproduzem os esquemas de posicionamento político dos que os nomearam, tendo eu observado a doutrinação midiática de massa que leva milhões de pessoas a apoiarem uma guerra sem fundamentos jurídicos no outro lado do mundo, sem se importarem com o seu custo humano, psicológico, financeiro, político e ético, tendo eu ouvido eminentes intelectuais, juristas, filósofos e homens de Estado justificarem a tortura, a desumanização dos prisioneiros pretensamente culpados e detidos sem julgamento, as paródias de processos, tendo eu visto o entusiasmo das massas em favor da pena de morte, tendo eu sentido a extraordinária dose de indiferença (talvez como um alçar de ombros coletivo) diante da pobreza, mantenho-me circunspecto quanto à altura do pedestal moral em que alguns se colocam para proclamar que a América é a mais bela coisa que ocorreu na história da humanidade. Cabe pensar no que Joseph Conrad teria escrito em *Au coeur des ténèbres* [*Coração das trevas*] se ele tivesse visto as ruas de Nova Orleans depois do furacão Katrina ou no que Céline contaria em seu *Voyage au bout de la nuit* [*Viagem ao fim da noite*] se visitasse hoje os bairros negros de Los Angeles ou de Chicago.

Porque, mesmo para um camaronês insensível, é impossível residir nos Estados Unidos sem pensar no bem e no mal. Lá, o ser humano parece ter levado ao extremo todos os defeitos e qualidades. Tentar juntar as duas coisas provoca mal-estar. De um lado, há o desejo dos norte-americanos de assumirem a responsabilidade "divina" que lhes é conferida por sua posição de nação mais poderosa no momento; isso se manifesta no entusiasmo coletivo pela exploração de todos os recursos do espírito humano, na busca constante de conquistas científicas e tecnológicas e nas criações artísticas mais audaciosas. De outro, há a serenidade e o cinismo quase religioso em que esse país de opulência financeira e material convive com a miséria de vários milhões de famílias (sobretudo da comunidade negra).

A coabitação dessas duas atitudes é uma dialética social perversa que sempre me intrigou. Como justificar a aceitação do mal? Terá cabimento a explicação teológica de muitos de meus amigos norte-americanos segundo a qual a existência dos pobres é necessária para que haja ricos, assim como o mal é necessário para a existência do bem? Será aceitável a sugestão de filósofos da direita conservadora norte-americana que acham, como Leibniz, que o mal enriquece o bem, trazendo-lhe uma dimensão moral suplementar? É a metáfora das duas bibliotecas, uma formada de mil exemplares de um livro perfeito e a outra contendo, além desse livro perfeito, muitos outros de interesse diverso; fica claro que a segunda biblioteca, que simboliza o mal, é superior à primeira! Deve-se concluir por isso que a existência de mendigos nas ruas de Washington ajuda a apreciar o sucesso dos milionários e fortalece a democracia norte-americana? Deve-se aceitar a piada de Kierkegaard ao afirmar que, se a existência de infelizes e de almas condenadas ao inferno é necessária para a variedade do mundo, ele aceitaria sem problema ser uma dessas almas e cantaria lá do inferno os louvores do Deus onipotente? Neste país onde existe uma minoria ativa de ateus e de indecisos, deve-se aceitar a proposta dos gnósticos segundo a qual o mal é consubstancial ao homem porque a Criação foi um ato imperfeito, obra de uma divindade menos competente do que se pensa?

Serei sempre grato à América do Norte, que me acolheu e me ofereceu um modo de existência e oportunidades profissionais que provavelmente eu nunca teria em outro lugar. Além dos conhecimentos que, sem sentir, fui assimilando em suas universidades e instituições, devo-lhe também um nível maior de curiosidade e de tolerância em relação aos gestos arbitrários e delirantes dos outros. Mas o que mais valorizo nesta minha estada é a oportunidade de ter me reconciliado comigo, de aprender a gostar mais da África, que me exasperava quando eu tinha vinte e sete anos e escrevi *Um banto em Djibuti*. Num plano mais superficial, a vida tranquila e asséptica em Washington me mostrou de modo ampliado tudo o que me falta: o *miondô* com peixe grelhado de Mâ Médi em Duala, o cheiro das ameixas pretas e das tanchagens cozidas a lenha, a delicadeza caprichosa do clima nas colinas de Buéa ou de Bana, as risadas nos bares populares de Iaundê, a polifonia da chuva nos telhados de zinco de Duala, a beleza inebriante das paisagens de Maroua, a hospitalidade assustadora e pedagógica das camponesas pobres de Mbalmayo ou de Akonolinga. Com certeza não se trata de elementos supérfluos.

Existem, é verdade, as dificuldades do exílio: a ausência dos amigos e parentes, a impressão insidiosa de estar afastado às vezes imperceptivelmente de um sofrimento coletivo ao qual pertenço e do qual deveria participar. Há também o incurável mal-estar de não poder visitar o túmulo de meus pais. Enfim, há o sentimento de culpa de todos os africanos exilados que julgam poder ajudar de forma mais eficaz na luta travada no país.

Nos dias de muita saudade, ouço a música de Richard Bona, música cosmopolita que, como a alga laminar de Aimé Césaire, se enrosca e se enraíza num rochedo que ela nunca mais deixará, mas que não a impede de se estender para lugares muito diversos. Sua voz não chega à amplitude e à força cristalina da de Lokua Kanza. Mas, evoluindo em semitons num registro de mais de duas oitavas, tem a pureza intimista de um papo entre amigos e a fragilidade de uma confidência amorosa. Leva-me ao terreno de nosso combate coletivo pela dignidade e me faz entrar "no clima" desde as primeiras sílabas. A sombria doçura de suas canções é reforçada pela sensualidade da linha melódica que alterna *legato* e *staccato*, o uso sutil de sequências para criar uma atmosfera ou simplesmente para provocar reações, às vezes entre uma e outra frase musical. A audácia das junções sonoras inesperadas e das escolhas harmônicas dá uma rica textura homofônica a suas criações, tanto quanto o recurso a cadências incompletas que criam o sentimento de espera e a necessidade de finalização. Essa música me pega pela medula, me reconcilia com o país de onde venho e ajuda a dominar minhas desilusões fugazes.

II

Um banto em Djibuti

Apresentação

Alguns trechos deste texto apareceram em reportagens de revistas francesas no início de 1990. Isso me valeu as honras envenenadas da imprensa de Djibuti, assim como a peçonhenta carta de protesto de um ministro muito cioso de sua nobre missão.

Tais amabilidades não conseguiram me dissuadir de publicar este pequeno livro. Porque o que escrevo é, como diz Cioran, "indissociável do que vivi. Não inventei nada, fui apenas o secretário de minhas sensações".

Para os leitores djibutianos que também se sintam "perturbados" com a visão que tenho do seu país, só posso declarar minha boa-fé. E lembrar-lhes isto: o autor é apenas o escrivão subjetivo do tempo que passa.

C. M., setembro de 1990.

Ambiências

"Para que ler Platão, quando um saxofone
também nos pode mostrar outro mundo?"

CIORAN

"Minha missão é matar o tempo e, a dele, é me
matar. A gente fica muito à vontade entre assassinos."

CIORAN

1

Esteja onde estiver, um banto precisa de música para dirigir as pulsões de seu corpo. Imaginem minha aflição neste canto de deserto que até parece um anexo do Saara, onde as pessoas vivem quase sem música! Suportam essa ausência graças a uma boa dose de ingenuidade e desapego, de ascetismo e simplicidade. Como se a existência fosse um longo parêntese, a soma de pequenos instantes sem importância.

Falam-me dos músicos locais. Qarchileh, Said Hamar Qod, Abdoulkader Bamakhrama, Tahla... Parece que eles compõem *blues*; é difícil imaginá-los naquele cenário criando um *rock* ou um tango! Ouvi algumas de suas obras-primas, a começar pelo hino nacional. Horrível!

É lancinante e repetitivo, mais árido que o *khamsin* (vento de areia, espécie de siroco); dá a impressão de que os músicos estão em coma profundo.

– Como? – retruca Aden! – Não fale assim dos últimos guardiães de nossa memória! Esses artistas são as inspiradas testemunhas dos vestígios de nossa mitologia e intimidade cultural. Seus *blues* são o sopro profundo de nossas entranhas, a única parcela de autenticidade que resiste valentemente ao imenso suicídio coletivo trazido pela "civilização" das cidades... No dia em que pararem de cantar, não haverá mais djibutianos. Só vai sobrar um povo de condenados!

Que responder a uma defesa modulada em tal *vibrato*? Dizer que a contagem regressiva já começou há muito tempo? Confessar que os djibutianos são africanoides, tanto quanto os camaroneses ou os malineses? Dizer que a parte de autenticidade nessa música tão celebrada é muito discutível por ser totalmente subjetiva?

Não.

Calei-me, deixando seus artistas animarem a cacofonia presente. Meus ouvidos suportaram por muito tempo aquelas débeis elucubrações que eu trocaria com gosto pelas sinfonias polifônicas da floresta do Sul camaronês.

2

Há muitos dias vagueio por este espaço asséptico, escrevinhando febrilmente nos táxis todo tipo de anotações, sob o olhar espantado dos motoristas que "mascam" o *kat* (planta euforizante), ou perdido por estradas pedregosas. O lugar faz pensar numa punição geológica: pedras, rochedos, poeira, morros sem vegetação, estradas secas e, por toda a parte, o mar Vermelho, enigmático sob um manto de *khamsin*. Entendo por que, há vinte anos, Romain Gary escrevia:

> Aqui tudo oferece a imagem do que será um dia o ponto final da história humana... A seca e o dilúvio são a confissão deste país onde tudo parece ter nascido para o castigo. Por que homens escolheram viver aqui? De qual inimigo mais cruel que esta terra estavam eles fugindo?

Não vim para cá em busca de uma lenda; a lenda reduz o tempo ao escoamento monótono dos instantes e banaliza a personalidade do país. Além do mais, meus amigos djibutianos não iriam gostar disso, eles que estão sempre prontos para denunciar o "olhar colonial" do outro em relação ao país deles, furiosos assim que percebem a mínima condescendência na evocação da aridez de seu solo... Vim para escutar aqui o silêncio e tentar descobrir o que existe na descontinuidade dos instantes que o tempo justapõe para se escoar. Liguei meus sentidos no efêmero e no insignificante, tentando espantar da minha mente o mau humor provocado pelo aspecto do lugar – sentimento que suscitou em Gary e em muitos outros certo amargor e desencanto.

Quando o avião da Air France desembarca você neste forno micro-ondas às três da manhã, na maior escuridão, com 32°C de temperatura, quando durante o dia o *khamsin* ataca seus olhos e narinas, quando você percorreu os 23 mil quilômetros quadrados deste espaço estéril sem encontrar agricultura nem indústria, é legítimo, porém, que indague quem, além de um cérebro desvairado, pode vir procurar aqui um embrião de vida, uma molécula de emoção pura; e, sobretudo, quem terá tal dose de masoquismo para querer vir morar neste lugar.

Masoquismo? Não!, vão berrar os djibutianos, sejam de que corrente forem. Vão enaltecer a posição desse país do Chifre da África, entre Suez e o Extremo Oriente, onde o mar Vermelho e o oceano

Índico despencam nos mesmos abismos. Sua proximidade com as fabulosas riquezas da Abissínia fez dele, desde os tempos mais remotos, um local de importância estratégica primordial. Com quase 400 quilômetros de litoral ao norte, a Etiópia a oeste e ao sul, a Somália a sudeste, Djibuti é um minúsculo ponto de interrogação nessa zona sacudida por tumultos ideológicos cujas causas se perdem na esteira da história. Seus afares e somalis são, em graus diversos, nômades em via de sedentarização, sobre os quais a França reinou até 1977 (data da independência). Constituem um verdadeiro "laboratório ao ar livre", no dizer do cientista político Ali Moussa Iye, em pleno coração do Rift Valley ("berço da humanidade que guarda ainda em seus sedimentos certos segredos da epopeia humana").

3

Khamsin significa "cinquenta" em árabe. É uma sucursal da monção da Ásia, que dura cerca de cinquenta dias, em julho e agosto. Capa de chumbo sobre a cidade, ele torna cego e tira o ânimo. Esconde o mar e cobre o dia com uma luminosidade ocre. Mesmo o homem mais vaidoso poria em dúvida suas convicções arraigadas diante do *khamsin*. Quando ele queima as retinas e fecha a garganta, as ilusões a respeito da força humana diante da natureza desaparecem. O que adianta ter boa aparência se o corpo é refém de um surto de calor ou de um sopro de vento?

* * *

– O que você faz da manhã à noite?

– Eu me suporto.

Penso às vezes nessa resposta de Cioran nas tardes em que as paredes ocre da minha casa parecem transpirar em gotas grossas, apesar da zoeira de um ventilador cuja boa vontade é evidente.

Secura do espaço. Umidade do ar. Imutabilidade da pedra. Imobilidade do movimento. Rigidez da geografia. Fragilidade e discrição da silhueta humana. Aqui, a natureza não praticou haraquiri oferecendo ao homem meios, desejo e vontade de dominá-la; ela é que parece esmagá-lo.

* * *

O Heron, 8 horas.

Deslumbramento diante da beleza longínqua e inacessível do mar: uma lâmina de fogo me lambe o sangue.

A margem onde me encontro é de fato um aterro; há poucos anos, neste lugar, já se estava dentro do mar. Hoje, há o vento do largo e este interminável arfar da água.

A terra que piso é salgada e está aquém do nível do mar. Bastaria cavar um pouco para encontrar lençóis de água. Pena que haja tão poucas espécies vegetais.

* * *

Os clientes no caixa do banco estão todos de bermuda (europeus) ou de *vouta* (espécie de tanga). O ambiente é tão descontraído que parece um balcão instalado numa praia.

4

Praça Mahmoud-Harbi, à tarde. Ex-praça Rimbaud, rebatizada com o nome de um dos primeiros independentistas, cuja morte é atribuída a extremistas franceses. Praças são como mulheres: as mais misteriosas não são forçosamente as mais calmas ou enigmáticas. Se a praça Menelik se esconde sob um manto verde de árvores em qualquer estação do ano, se o Plateau du Serpent abriga atrás das arcadas islamizantes de suas casas figurões hieráticos e distantes, a praça Mahmoud-Harbi mostra-se espontaneamente, quase de modo pudico, exibindo seu mercado desordenado, a multidão faladeira e a tranquila amoralidade de seu orientalismo – roupas de Taiwan, *gadgets* japoneses, incenso e mirra, ouro do Iêmen, moedas estrangeiras... Cada centímetro quadrado dessa praça, majestosa vizinha de uma velha mesquita desgastada pelos cartões postais, esconde uma sequência da história apimentada de Djibuti. Secular ponto de uma vasta conjuração entre negociantes de todo tipo e mercadores de camelos, ela exala hoje o odor de uma agonia triste e subterrânea, mas que ainda guarda certa poesia. Aqui, o ato do escambo, embora conserve o exibicionismo ingênuo e o exotismo afetado, parece cada vez mais uma frivolidade. Comprar ou vender pode ter ares de ritual folclórico levemente tocado pelo cosmopolitismo dos produtos trocados; produtos cuja diversidade confirma, se necessário fosse, a multidão de culturas e de civilizações que se cruzam nesta terra de encontros.

5

Traumatismo.

Encontrei o olhar fulgurante de Souad, que estava na livraria *Couleurs Locales*. Infelizmente ela namora o meu amigo X. E, ainda por cima, ele me infligiu a humilhação secreta de apresentá-la: isso me obriga a ser leal. Idem para ela, se por acaso sentiu algum interesse por mim.

Antes que minhas pálpebras se ergam, capto o eflúvio incomparável de sua presença. Fragrância que sugere pensamentos tão delirantes que me paralisam de medo e me fazem... transpirar. Mistura ardente de odores, canela multicolor e aroma intenso, tudo isso provoca uma ardente vertigem que procuro controlar. Um choque elétrico me percorre o corpo inteiro, agitado por invisíveis palpitações. Ardendo, meus sentidos proíbem-me de espiar o seu olhar, que finge estar examinando os livros, mas sei que sua preocupação é me esquadrinhar, talvez até me desnudar, me sopesar e, sem dúvida, me avaliar. A prova: quando, a custo de um sobre-humano e furtivo esforço, consigo, num átimo, levar meus olhos até ela, recebo, como uma descarga de 3 mil volts no sangue, a incandescência de sua luz, o fogo tórrido dos seus olhos nos meus.

Sigo por entre as estantes de livros, tentando não titubear. Ela começa um movimento simétrico, mantendo certa distância entre nós. Move-se flexível, num passo aéreo, facilitado pelos sapatos sem salto. Fico ainda mais estonteado. Firme no meu silêncio, pego uma revista ao acaso, com dificuldade de ler até o simples título.

Ouço que ela pede uma informação em voz baixa a uma vendedora. Ah!, o que eu daria para estar naquele exato momento no lugar da vendedora! Decerto um tanto ciente da honra que lhe é conferida, a vendedora responde de modo interminável, pegando na conversa, falando sem parar e... levando meu ciúme ao infinito. De vez em quando, ela ri. Ah!, aquele riso deliciosamente sensual, uma geada musical soando como suave cascata de pepitas bem dentro do meu cérebro. E o pior: apesar da conversa, ela não para de me bombardear com a luz crua de seu sorriso e a eletricidade de seus olhos. E, se olho para ela, acontece: nossos olhos se fundem, e é uma luta para eu conseguir desviar o olhar.

Um arrepio de tristeza melancólica aviva a minha dor de existir. Sinto dentro de mim uma espécie de fraqueza congênita, mais forte que minha pior timidez; ela sempre viveu encafuada dentro de mim, discreta e respeitosa. Agora, manifesta-se feroz, violenta e cruel. Repercute em pulsões incontroláveis, afundando minha virilidade numa sensação sombria. Sinto calor, sinto frio, luto com um abafamento ácido no meio de outros clientes absorvidos nas histórias em quadrinhos e nos jornais com as aventuras do tenente Blueberry, ou com a disputa eleitoral dos partidos franceses, sem se darem conta do meu desatino.

Ela continua lá, com sua beleza assassina. Bem mais do que pelas palavras, sinto-a pelos meneios floridos do sorriso, pela contínua descarga de alta tensão do olhar. Sua aura me asfixia aos poucos. Sinto-me sufocado, mas meu sonho é ser o seu sutiã. É o que eu mais queria.

Dez minutos. Meu mal-estar continua. Respirar é o intenso arder do meu coração. Minha cabeça está cheia de imagens confusas. Será que meu amigo merece mesmo essa moça? Será capaz de explorar todos os aspectos da personalidade dela e de oferecer-lhe toda a felicidade que eu estou pronto a lhe dar? Encontrará em si os tesouros de doçura que uma aura tão voluptuosa inspira? Ah!, a injustiça de ter nascido...

Ela vai embora. Anunciou isso de modo enfático. Devo interpretar o timbre subitamente audível de sua voz como um convite? E ainda repetiu, antes de me lançar um último olhar e desaparecer na agitação da rua.

Aparvalhado, saí também da livraria, sem comprar nada. Com os olhos, procurei em vão o odor de sua silhueta na multidão. Depois, caí numa densa solidão, passando meticulosamente por todas as camadas da angústia. Por que o homem deve assumir o suplício dos sentimentos dirigidos a mulheres fugazes, efígies irreais que estonteiam e machucam o fundo da alma?

6

Até as mulheres mais pobres são muito elegantes. Usam *diris* de seda bem leves; são vestidos sempre muito compridos para a altura delas; o que lhes permite, cada qual com sua imaginação gestual, dobrá-los sensualmente acima dos seios ou abaixo da cintura.

As joias de ouro: uma verdadeira religião. Elas dedicam aos colares e braceletes um amor que sugere uma forte relação mística. Mesmo arruinada e à beira do abismo, nenhuma mulher pensa em vender suas joias: seria mais que um sacrilégio.

* * *

A obsessão das francesas em Djibuti: não deixar os maridos sozinhos em casa com a empregada. Saber que aquelas lindas moças ficam andando de seios cobertos apenas pelos *diris* muito leves, o que lhes parece um convite ao estupro, tira-lhes todo o sossego.

As mulheres não suportam que seus maridos vão à cozinha. E eles gostam muito de mostrar sua virilidade dominadora quando são servidos. De fato, as mulheres mantêm uma mentalidade de dependentes do homem para se tornarem indispensáveis. Quando elas não estão em casa, é o pavor geral...

* * *

Por vezes, nos olhares femininos, é possível perceber uma falha secreta, uma pulsão reprimida, uma dor íntima. Desgaste de um esquema social obsoleto, humilhação, aviltamento contido, numa aparência de desapego e de quase indiferença. Todas essas mulheres têm, sem dúvida, um espaço reservado onde guardam seus pequenos esquecimentos voluntários, suas ausências interiorizadas. Eu daria tudo para poder vê-lo.

***

Elas são orgulhosas e cheias de caprichos. Seu encanto está nesses defeitos.

Os homens são egoístas e fascinados por aventuras.

Permanência do destino?

***

Ylame e Naima estão sempre batendo papo. Passam horas ao telefone, assim que acordam de manhã. Quando se encontram à tarde, continuam na conversa. Elas servem o chá para você sempre contando suas histórias. Podem guiá-lo pela cidade falando sem parar. E, ao anoitecer, quando o levam de volta ao hotel, ainda prosseguem o diálogo naquela voz monótona e sincopada, entrecortada por risinhos indecifráveis. De que tanto falam essas duas moças?

***

Como na minha terra na África central, é impensável em Djibuti uma mulher viver sozinha. Viúva ou separada, ela pode e deve ser assumida por um homem da família do marido. Porque a solidão é considerada um insulto à natureza, um contrassenso metafísico, enfim, o sinal de uma alma no rumo equivocado. O postulado é o seguinte: existe no ser humano uma melancolia consubstancial, uma espécie de tristeza clínica que rege todos os nossos atos e pensamentos, e só é possível escapar ao suicídio da amargura assumindo os laços que a sociedade tece entre seus membros. A família é a expressão mais profunda e mais autêntica do eu, é a força primordial que permite a cada um assumir seu destino. Por isso, uma mulher sozinha é considerada uma sadomasoquista que se impõe uma sessão de tortura em câmara lenta.

7

Às vezes, de tanto que as pessoas bebem, a impressão é que o álcool é a senha mais segura. Chegam ao porto quantidades industriais de bebidas, que partem em seguida, quase sempre clandestinamente, para os reinos da Arábia e do Iêmen – onde, ao que parece, os imames são grandes apreciadores. Como o lugar se presta pouco aos esforços sobre-humanos, os djibutianos tendem a crer que nem mesmo o trabalho é uma ilusão justificável. Logo, é de consciência tranquila que a maioria deles dedica seus momentos de lazer a Baco. Esperam, sem dúvida, que este último defenda a causa de suas almas impuras junto a Belzebu (ou de seu homólogo muçulmano) no Juízo Final.

8

Madrugada. Voltando de um café do centro da cidade onde jogamos boliche, Souad me conta a história do sol sonâmbulo:

– Sabe por que o sol se levanta sempre do mesmo lado? É uma longa história que vem da... noite dos tempos. Primeiro, é preciso saber que a expressão "o sol se deita" é um abuso de linguagem. Porque, se o astro solar desaparece todos os dias a oeste, não é para ir se deitar e dormir tranquilamente. Senão, como poderia ele levantar-se no dia seguinte a leste?

– Então, qual é o segredo da pontualidade?

– Pois bem, é na madrugada, quando todos dormem profundamente, que o sol faz o caminho de volta rolando como uma bola no céu. Ele se cobre um pouco para não brilhar demais e para que os insones não o percebam. A verdade é que tem medo de ser visto nesse estado. Já imaginou o sol sem brilho, sem raios, escondido no escuro, atrás de um véu?

– Por isso, quem o surpreender assim escondido tem muita sorte. Porque o sol se mostra muito generoso. Multiplica tudo o que a pessoa tocou no instante em que ela o viu. Se, por exemplo, você tiver o reflexo de tocar a moedinha que está no seu bolso, vai ficar muito rico, pois ela se transformará em milhões de moedas.

– Infelizmente é muito difícil ver o sol regressando para a sua morada. Esperto, ele evita os olhares indiscretos. Se você tiver o sono leve, muita paciência e vontade, talvez consiga um dia ver o sol noturno. Nesse dia, não esqueça de trazer no bolso um pouco de amor. Porque é o que mais vai lhe fazer falta na vida.

9

Aqui, o gestual que acompanha a fala é, nas mulheres, uma miniópera. Observe quando estão em grupo. Elas se comunicam com o espírito e com o corpo da interlocutora. Falam com a boca, com os dedos, com os ouvidos daquela a quem se dirigem. Dialogam com o corpo do outro como Rhoda Scott ataca o seu piano – com fúria.

* * *

Fora da palavra, a liberdade é apenas ilusão. É o que justifica o magnetismo da linguagem.

Só tem talento para a oratória quem sustenta sua verve com bons provérbios antigos. Porque o provérbio é a ossatura da palavra, o veículo mais eficaz do pensamento. A cada sequência da vida, a cada movimento do espírito, corresponde um provérbio. É a marca da sabedoria, o adorno da linguagem. Não se concebe uma explanação séria ou um discurso que não contenha vários provérbios: eles são a prova do domínio dos esquemas de comunicação social e das técnicas do diálogo. Ao sintetizar os fatos, ao resumir as grandes teorias filosóficas, ao criar imagens humorísticas, eles permitem que o orador arraste multidões.

Provérbio Afar: "Se a camela que vem na frente do rebanho não quiser andar, o pastor vai bater naquela que vem por último."

Vertigens

"O que o homem tem diante
de si é o seu passado."
Oscar Wilde

"A tradição é um direito de
voto concedido aos mortos."
Gilbert Keith Chesterton

1

Era uma vez, há muito muito tempo, num reino do Chifre da África, um rei tirano temido pelos súditos como se fosse o próprio diabo. Celebrava os casamentos da região e se outorgava o privilégio de ter no seu leito as recém-casadas na noite de núpcias.

Essa delicada atenção, prova de voracidade perversa e de cinismo ubuesco, não agradava aos noivos – como é fácil compreender. Foi então que uma velha matrona, cuja mente era ainda mais torpe, teve a ideia luminosa (cabe aqui o adjetivo?) de "costurar" o sexo das moças a fim de impedir as fantasias desumanas do rei... Quando ele esbarrou pela primeira vez nesse obstáculo imprevisto que julgou natural, pensou que os deuses o haviam punido, irados que estavam com sua alma impura. A partir daí, e até morrer, nunca mais tocou numa jovem recém-casada.

Mas a prática da "costura" se difundiu, pois cada família desejava preservar sua dignidade apoiada nessa "sábia" precaução.

É assim que a imprensa djibutiana explica a gênese das mutilações sexuais que fazem parte do cenário cotidiano de quase todas as famílias.

Felizmente eu não tive a "chance" de assistir a uma dessas cerimônias em que se realizam os ritos falocráticos e cruelmente arcaicos que são a excisão e a infibulação.

Pude confirmar a exatidão do relato dessas práticas, publicado no *Océan Indien Actuel*, por meio de diversos depoimentos locais:

"Cena chocante a que se refere à 'bela cerimônia' de excisão e de infibulação de uma menina. A matrona se ajoelha entre as frágeis coxas da criança apavorada, de olhar espantado e cheio de medo. Sem anestesia, ela efetua a ablação do clítoris usando uma navalha e mesmo, às vezes, uma faca afiada. Depois, ela costura as duas vulvas com linha, ou com espinhos, depois de deixar em carne viva as paredes internas (para que possam se colar)."

Durante a operação, testemunhas oculares assistem impotentes aos inúteis e últimos tremores da criança e sofrem com seus gritos de dor que se seguem aos de medo.

Anos depois, no dia do casamento, a mulher djibutiana enfrenta uma nova provação: a abertura pelo marido, com a ajuda de um punhal, de suas partes genitais externas, a fim de permitir o acasalamento... É possível imaginar a dor que a mulher sofre, com a carne inchada, no momento da relação sexual.

"Esposo feliz!", dizem porém ao noivo, por ter ele uma mulher virtuosa como se deseja (graças à infibulação) e sem tendência para a infidelidade conjugal (pois tornou-se frígida pela excisão).

Num excelente livro intitulado *La Femme blessée* [A mulher ferida], Michel Erlich relacionou as incalculáveis consequências médicas das mutilações sexuais. Suas conclusões deveriam ser traduzidas imediatamente em todas as línguas locais e mostradas aos tradicionalistas djibutianos. Se lhes resta um mínimo de humanidade, eles se suicidarão na hora ou entrarão na loucura do remorso. Porque o que Erlich explica não tem nada de engraçado.

Segundo ele, as consequências são físicas e psíquicas. Como a operação é feita sem assepsia, a ferida pode degenerar em úlcera tropical lenta, desenvolver-se e causar a morte. O que é mais frequente são os hematocolpos, provocados pelo fechamento muito intenso dos grandes lábios ou por uma inflamação que oclui definitivamente o orifício. Não é raro acontecer que um golpe de faca desastrado fure a bexiga e arrebente o reto. Ou então que meninas não resistam ao choque emocional, à hemorragia ou a infecções, como o tétano.

Certas operações, feitas brutalmente por causa dos movimentos de resistência da criança, acabam chegando à excisão – equivocada – da uretra e mesmo de parte da vagina. Certo médico se refere ao caso de uma paciente cujas vias urinárias tinham sido tão alargadas por uma matrona encarniçada que elas foram "utilizadas" pelo marido por engano durante mais de um ano!...

Isso está lhe virando o estômago?

Mas tem mais. Parece que certos casais utilizam, de comum acordo, o orifício anal no ato de amor porque a mulher tem muita dificuldade para outro tipo de relação sexual – sequelas de má infibulação (para mim, expressão que é um evidente pleonasmo). Outras complicações: houve partos dramáticos, porque a excisão da bexiga da mãe só foi descoberta pelo obstetra tarde demais.

Mas os fatos mais absurdos e mais graves são provavelmente os arrolados por *Océan Indien Actuel*:

"As infecções crônicas do sistema genital provocam com frequência a esterilidade. Quase sempre cistos e cálculos se formam sobre as cicatrizes, sobre a vulva, na vagina; podem chegar ao tamanho de um *grapefruit*. As dores espasmódicas da menstruação são muito frequentes, sobretudo quando o sangue não consegue escoar corretamente. As complicações obstétricas são talvez as mais dramáticas, porque prejudicam duas pessoas, a mãe e a criança: as cicatrizes da vulva, em geral endurecidas, racham facilmente, o que obriga a grandes episiotomias muitas vezes bilaterais (abertura do períneo com instrumento cortante), o que provoca por sua vez infecções quando são praticadas por mãos inexperientes (é a regra geral fora das cidades). Do mesmo modo, é muito elevada a frequência de fístulas vesicovaginais e vaginorretais resultantes dos partos muito demorados por causa do mau estado dos tecidos."

Caso você tenha esquecido, convém lembrar que tudo isso acontece no alvorecer do século XXI, em pleno coração do Rift Valley, isto é, no lugar onde o homem veio à vida e onde, forçosamente, nasceu a inteligência humana.

No plano psíquico: as mulheres excisadas e infibuladas estão, por definição, completamente ausentes nos prazeres da sexualidade, ignorando até a ideia desse prazer. Dito assim, parece uma evidência, quase uma banalidade. Mas será possível medir a importância dessa deficiência de fantasia no imaginário de uma vida humana? Consegue, caro leitor, imaginar uma vida inteira sem a droga suave do ato sexual e sua corte de mitos? Aceitaria viver os cinquenta ou sessenta anos depois da puberdade sem as vibrações insubstituíveis do coito? Ou, mais exatamente, dá para pensar o que é a vida de uma mulher obrigada a produzir antes da menopausa uns dez filhos (é a média aqui) sem jamais saber que existe outra maneira de sentir o ato amoroso?

Depoimentos obtidos:

– De um senhor idoso: "É uma questão cultural. Não se julga a cultura de um povo, porque ela lhe pertence".

– De uma jovem intelectual: "A opinião pública acha que essas mutilações fazem parte dos preceitos corânicos. Se uma mulher não for excisada, não consegue marido, pois é considerada prostituta".

– De um bom pai de família: "Por que condenar as mutilações sexuais femininas se a circuncisão masculina é aceita?".

Amálgama fácil demais: a excisão e a infibulação comprometem a integridade física da mulher, porque se trata da ablação de um órgão sadio e funcional no intuito de eliminar uma função biológica.

– De uma jovem mãe, com ar muito satisfeito: "Estamos caminhando na direção da *souna*, prática intermediária que consiste em fazer sangrar apenas o clítoris".

"Apenas"! Os djibutianos têm certos eufemismos que são uns achados incríveis...

Esse assunto ficou sendo tabu por muito tempo: as esposas dos mais altos dignitários do regime, que usurparam a direção da União Nacional das Mulheres, não queriam que tais temas fossem debatidos. Felizmente, as línguas começam a se soltar. O cádi da capital arriscou-se a assinar um comunicado (lacônico) estipulando: o Alcorão não tem nada que ver com essa história. Enquanto aguardam do poder a proibição oficial de tais práticas, há médicos que, embora tendo estudado na França, consentem em executar essas operações: para evitar, dizem eles, que as famílias continuem a excisar e a infibular nos ambientes sem higiene longe dos centros urbanos...

Além da ideologia machista veiculada por tais práticas, além do egoísmo das mães, o que me assusta é essa pretensão de o homem dar um sentido aos seus atos mais cruéis e às suas mais obscuras elucubrações. E também a obstinação em elaborar uma justificativa ética para comportamentos indecifráveis, para uma gestão indecente do corpo do outro. A atração gratuita do sadismo pelo masoquismo é a manifestação mais evidente do demônio que cada um traz em si.

2

Eles insistem em acreditar que o futuro existe. Aos dez ou doze anos, têm diante de si a miséria e o desemprego, mais imensos que o mar que os cerca. Como entender que a ociosidade ainda não tenha começado sua obra de putrefação nessas mentes? Como acreditar que no íntimo deles reste certa motivação? E o tempo que não passa, suspenso nas árvores da praça Menelik, de onde parece moer a angústia que há nas pessoas. E o fracasso, como única verdade, que se impõe como evidência incontornável, como coisa que os persegue, lancinante e incansável até em seus rápidos sorrisos.

A espera não é um fechamento. Por mais pesadas e diabólicas que sejam as horas, o mero movimento da rua lhes oferece perspectivas. O vaivém da multidão os desperta e ajuda a conjeturar – sem ter, aliás, nenhum motivo para tanto – uma felicidade futura.

A linguagem deles é bem vulgar; mas há uma espécie de alegria nessa desesperança sombria. Há neles também um gozo cínico em olhar para o próprio desespero...

* * *

Num cartaz pendurado numa agência bancária no centro da cidade, lê-se:

– O que você quer fazer quando crescer?

O garoto responde:

– Estar VIVO!

3

Há, nas relações ambíguas com o *kat*, a ideia confuciana segundo a qual o homem se entrega ao prazer se lhe parece impossível encontrar a felicidade.

A erva não é apenas uma droga euforizante e analgésica para o moral; também é, e bem mais, uma cultura, um modo de pensar (ou de não pensar). É por meio dela que são expulsos os delírios não digeridos das agressões cotidianas. É a porta ideal para o sonho e a transcendência livre, sem constrangimentos, aquela que assimila os prazeres do bem-estar físico e mental à doçura de uma prática de ritual suave: tapetes no chão, almofadas macias, camiseta e tanga, pés descalços, chá quente com açúcar, cigarros, coca-cola com gelo, o papo livre sobre assuntos íntimos, enfim, a fraternidade absoluta. Mas, a que preço?

* * *

Se, do fundo do túmulo, Gamal Abdel Nasser soubesse que hoje, no bulevar que traz seu nome, é onde se vende o *kat* – droga desmistificada e vulgarizada pelos colonos franceses, os mesmos que foram seus piores inimigos em Suez –, primeiro ele teria vontade de morrer de novo; depois, reconheceria que sua ausência do mundo dos vivos é provavelmente o período mais ativo e fecundo de sua existência.

* * *

O *kat*, mais uma vez. Como entender que 99% da força produtiva masculina de um país se imobilize cotidianamente durante horas para consumir essa droga infecta? O governo diz que tentou impedir, mas não conseguiu. Dá para acreditar? Qual ditador africano médio (mais um pleonasmo) não sonha com o proveito político que pode tirar de tal letargia coletiva?

4

Um amigo de Nouska conta que manda regularmente armas para a família que ficou na Somália. Para que se defendam. Diz isso num tom tranquilo, como se fossem cartões-postais.

Às vezes, encontro aqui gente assim. Para quem a expressão "estar vivo" parece marcada por uma incompatibilidade sintáxica. Têm no olhar um brilho intermitente que poderia ser interpretado como consternação diante da injustiça de existir. Trata-se, em geral, de nômades sedentarizados pelos limites de uma vida cotidiana, que a administração pública fixou em aldeias ou em pequenas cidades.

* * *

Em Duala, Théo costumava me repetir o que lhe dizia a mãe: "O dia em que eu encontrar Deus, vamos brigar para valer". Ela afirmava ter velhas contas a acertar com ele. Em Tadjoura, na grande estrada onde à tarde ficam mofando alguns jovens desocupados, aturdidos pela crueza do sol, percebe-se às vezes no não dito das conversas – tristes queixumes – essa necessidade de violência, de indenização.

* * *

Se o diabo (ou qualquer outra Autoridade) coroa as almas impuras, não vejo como certos militares franceses que satisfazem suas fantasias literárias com tatuagens obscenas nos corpos das prostitutas do Bairro 2 conseguiriam evitar a canonização.

* * *

A banca da esquina (refrigerante, cigarros) é frequentada por jovens desempregados. Ficam lá, de copo na mão, com um olhar ectoplásmico. Um deles gesticula ao contar uma história que acha ótima. Os outros escutam distraídos, ninguém se interessa. Ninguém pediu para estar lá. Outrora, nas aldeias das montanhas, teriam mandado que, descalços, eles pisassem o granito fervendo, a fim de achar uma improvável caça. Receita cruel, mas cheia de dignidade e respeitabilidade. Além da ociosidade assim dominada, ela dava responsabilidade aos homens ao propor-lhes desafios. Receita muito mais aceitável que a de reuni-los pela marginalização, de curá-los pelo medo do vazio.

* * *

O Heron às 17 horas. Dois garotos de doze ou treze anos vasculham as latas de lixo. Essa visão faz o meu sangue ferver: e não se trata de um bairro de ricos!

* * *

A mendicância chega a ser agressiva na rua; esteja com saúde, cega ou caolha, ela descobre você imediatamente, vai atrás e insiste. E não desgruda. É como em Duala, Dacar ou Kinshasa. Será a miséria o máximo denominador comum entre essas cidades?

* * *

Bando de crianças esfarrapadas na praça Mahmoud-Harbi. Grupos de jovens vestidos com tangas sem nenhuma estética em Gabode. E sempre, em todos eles, algo de doloroso que não difere muito da desesperança original, inata. Será de fato indispensável ter vivido (ou então será preciso encher de aspas essa última palavra)?

* * *

Um velho iemenita, de cabelos brancos tingidos com hena, vende cestos na rua. Pelo pouco movimento que o cerca, o lucro deve ser pequeno. Ao observá-lo, tenho a impressão de viver dois séculos antes ou depois dele...

* * *

O que resta do cinema Odeon, no centro da capital, poderia servir de cenário para filmar uma cena com Frankenstein... Nem consegui ler o título do filme programado para hoje, de tão empoeirado que estava o cartaz. Mais uma vítima da modernidade.

* * *

No mercado, praça Harbi. Frutas, legumes e outros víveres vêm da Etiópia. Assim como o *kat*, do qual se "mascam" diariamente milhares de toneladas. Dos 2,32 milhões de hectares de terra, o país dispõe apenas de 6 mil hectares de terrenos cultiváveis, dos quais só algumas centenas de hectares são cultivadas. É incrível, para não dizer miraculoso, que aqui seja possível comer todos os dias!

* * *

A guerra está presente na cabeça de todos. A mente se apropria dela como para exorcizá-la. Faz parte da paisagem mental, quase do patrimônio espiritual. Fala-se dela livremente, sem floreios: cada qual expressa sua angústia sem tentar esconder o que pensa no íntimo; ao contrário dos senegaleses ou dos camaroneses, as pessoas parecem incapazes de impingir ilusões; são inaptas à mentira. Mas quantos pontos de vista diferentes! Seria preciso um cérebro de aço cheio de microprocessadores de última geração para conseguir encontrar no meio disso tudo uma "verdade".

* * *

Conversa com Nouska: ele se queixa de ter vivido tempo demais no estrangeiro para conseguir ainda se integrar em sua sociedade. Marginalizado até no lugar onde nasceu, seu sonho é ir embora. Definitivamente desta vez, para só voltar aqui como forasteiro, como turista. Será que ele consome *kat*?

– Claro! É o único modo de encontrar os amigos. Detesto o gosto e os efeitos colaterais, mas gosto do ambiente que ele cria. De Villiers escreveu num *SAS*: "É uma planta verde. Que se mastiga. É amargo e francamente nojento". Ele dá risada.

Que fazem os jovens como ele do tempo disponível? – o país adotou há muito tempo a jornada contínua.

– De manhã, trabalho. De tarde, durmo. À noite, fico zanzando por aí. O emprego é mesmo chato: não há nada a fazer.

– Na República de Camarões é melhor? – pergunta ele.

Não tenho coragem de responder que sim. Porque não garanto que um funcionário do Ministério das Finanças de Iaundê esteja feliz nas suas atividades.

5

No final de uma rua ocre e sem graça do bairro Gabode fica a prisão. Na África negra nada é mais parecido com uma prisão do que outra prisão. Na entrada, guardas com cara de facínoras ameaçam com o olhar ácido a longa fila de mulheres que trazem, em cestos redondos, a comida para os prisioneiros. Não porque eles pudessem morrer de fome, como é o caso em Duala, onde a cadeia está superlotada; é porque as famílias consideram a pior de todas as humilhações deixar o Estado alimentar os parentes – o mesmo ocorre com os doentes hospitalizados: questão de brio, de dignidade.

Mas são meras palavras: haverá forma mais terrível de decadência que essa que confina num lugar tão lúgubre os semelhantes mal digeridos pela sociedade? Refiro-me ao próprio ato do encarceramento nessas condições e da aceitação desse ato. Como outras, a sociedade djibutiana fica em paz com a consciência, validando assim suas disfunções, únicas responsáveis por esse tipo de hiato. Como não ver na intolerável condição dos prisioneiros o fracasso do ser humano em geral e, aqui, o desmoronamento do mito da famosa sabedoria africana?

* * *

Deitados no chão, homens e crianças dormem na indigência absoluta. Serenos. Não é difícil imaginar que tenham a mesma serenidade diante da morte.

* * *

Suspense meio cômico: nosso grupo de amigos não sabe como vai agir o pai de uma colega de Naïma. Ela se recusa a casar com o homem designado por sua família, que já aceitou e gastou os presentes oferecidos como dote. A situação é muito tensa porque o referido pretendente dá mostras de temperamento explosivo e irascível, e o pai da rebelde nunca terá recursos para devolver o dote que ostensivamente dilapidou.

* * *

O cosmopolita Bairro 6 é onde moram os durões. São chamados Os Sicilianos.

O Bairro 4 é uma concentração do que será forçosamente um dia este país: um caldeirão onde se fala, de uma cabana para a outra, todas as nuances de somali, de afar ou de etíope.

* * *

Cité Arhiba ("Bem-vinda"), lá onde estão instalados os doqueiros afares que foram importados para contrabalançar a influência dos somalis na capital; a sobrevivência é o único assunto nesse espaço suspenso, onde a miséria violentíssima parece mais autêntica que a própria terra.

Nascido na periferia de New-Bell, sinto vontade de ver esse charco de luz agressivo, cheio de lixo, onde as crianças vagueiam como fantasmas. Lá dentro, o lugar corresponde realmente ao que Denis Tillinac chama uma filial do nada.

* * *

Ambouli, em casa de refugiados etíopes. Amarga intimidade. Mas as cabanas daqui são uns mini-Hiltons se comparadas com as que vi na Cité Arhiba.

"Quanto mais se vive, mais parece inútil ter vivido." Como não pensar mais uma vez em Cioran, ao observar este vendedor de moluscos que escuta uma música árabe inaudível sob um ventilador ofegante na Rambarde? Ou ao ver a chateação que escorre das pernas dos guardas obrigados a ficar em pé, sob 45°C, de bermudas cáqui e quepes azul-turquesa? Ou, ainda, ao olhar para o rosto vincado pela tristeza da velha iemenita, de véu preto, que mais parece fugida de um convento iraniano e que caminha com ar resignado diante de uma charrete e de um burro numa viela poeirenta do velho Djibuti?

* * *

Balbala. Belo nome para um subúrbio tão feio. Telhados de zinco enferrujados, feições engelhadas, espaços fétidos. Aqui, até o oxigênio parece adulterado.

6

Alguns velhos djibutianos falam pouco. Como aprenderam o Alcorão, sabem que tudo é simbólico; que um gesto da mão indica muito além daquilo que parece mostrar; que cada palavra tem uma repercussão e uma reverberação além do seu sentido.

Não têm medo de afirmar seu fechamento. Mais ainda: assumem totalmente essa atitude reflexiva. Porque acham que se abrem para o mundo quando mergulham no mais profundo de si. Quanto mais o djibutiano for profundamente afar ou issa, mais universal ele é e tem algo de diferente e de complementar para trazer aos outros, julgam eles.

* * *

Cumprimentar-se, em afar, consiste primeiro num recíproco beija-mão. Como deve ser difícil manter a polidez com os inimigos!

Os sudaneses são seu alvo predileto nas piadas; os djibutianos não têm consideração ao falar deles, sempre contando anedotas, até cruéis, elaboradas a partir do imaginário coletivo. Mas, ao mesmo tempo, sentem por eles uma simpatia latente, feita precisamente da coleção de brincadeiras sutis.

* * *

Ela faz para mim a lista dos gestos que não devo fazer na frente de seus pais. Entre outras proibições:

– Não me oferecer cigarro ou bebida; nem beijar...

– Na boca?

– Não só! Até um simples beijinho é condenado. Nunca demonstramos nossos sentimentos; é raro os pais beijarem os filhos em público.

Eles são assim. Não gostam de demonstrar efusões incontroladas (as que surgem como se a pureza das emoções sentidas dependesse delas!). Preferem disfarçar o amor escondendo-o sob um manto de indiferença; isso pode dar a reencontros calorosos o verniz frio – e quase trágico – do desinteresse mútuo.

7

– Não lhe causa espanto o destino do homem negro?

Pergunta inesperada. O velho me olha e explica o que está pensando.

– Pois é isso! Se o itinerário do mundo tivesse a mínima lógica, há muito que a nossa comunidade teria desaparecido do mapa. Escravidão, colonização, extermínio, aculturação, humilhações, perseguição, marginalização, negações... E, no entanto, apesar de tanta destruição, sobrevivendo aos séculos, continuamos aqui! Muito mal, mas nossos povos estão sempre à beira da história que passa, atentos às mudanças, serenos diante da desumanidade ideológica dos que pilotam nosso destino. Por quê?

– ...

– Muito simples: há em nossa visão de mundo algo que agrada e ao mesmo tempo desagrada a outras culturas; é nossa ingenuidade, nosso vigor, nossa avidez diante dos benefícios da vida, ao passo que os outros que nos rodeiam trabalham como neuróticos desejosos de construir sociedades uniformes nas quais cada homem é apenas um arquivo manipulado por um *mouse* e um microprocessador. Eles se arrebentam de trabalhar, se esquecendo de viver e de respirar, dirigindo-se como dóceis carneirinhos para a destruição.

E o velho, descalço, com o tronco nu, ajeita a tanga e se dirige para a praia. Ele me foi apresentado como um ex-diplomata aposentado.

* * *

Caminhar, vaguear como nômade ao longo de um rio, com os braços em cruz sobre uma bengala de madeira. Andar lentamente, enquanto o murmúrio da água lembra que a morte prossegue em nós seu requisitório interminável, suas ladainhas ácidas.

* * *

Um nômade pedindo carona na estrada! Que época estamos vivendo!...

* * *

Duas da tarde.

Um francês, a uma temperatura de 45ºC à sombra, faz *jogging* em plena rua. Por que corre tanto? Atrás de um *sursis* contra a morte? Seria uma vitória muito provisória. O nômade que caminha calmamente atrás dele pode confirmar isso.

* * *

Outro nômade tem um conceito bem especial da suavidade: está dormindo numa cama feita de tábuas, com a cabeça encostada num travesseiro... de madeira. Garantiram-me que ele deve achar isso muito macio.

* * *

Muitos deles vivem ao longo das fronteiras, atravessando regularmente de um país para outro, sem mesmo perceber a importância política de suas migrações, segundo suas necessidades e disposição no momento. É evidente que não têm nenhum documento nem outra afiliação além da que os liga a essa terra onde vivem e que amam. Tente falar com eles de nacionalidade...

* * *

Retorno do lago Assal com Wilwal. Um jovem nômade surge de repente de um barranco e se planta no meio da pista, fazendo gestos desesperados com os braços. Uma forte preocupação toma conta de mim. O que lhe está acontecendo de tão insuportável? Que desgraça pode ter ocorrido a ponto de atirá-lo quase sob as rodas do primeiro carro que passa?

Wilwal breca na hora. O rapaz chega correndo, segura na porta e diz depressa umas palavras em somali. Wilwal cai na risada, pega uma garrafa de água mineral largada no banco de trás e dá para ele. Nesse exato momento, assisto a um milagre: o nômade pega a garrafa com um lento movimento de ambas as mãos e, num segundo, seu rosto passa por uma cirurgia estética que o transforma literalmente. Seus olhos se iluminam, como se cantassem ao mesmo tempo o *Aleluia do Messias* de Haendel, a *Caixa mágica* de Francis Bebey e o *Concerto para tambor* de Doudou Ndiaye Rose... Ele vai embora sem dizer nada. Sua alegria é tal que nem precisa nos agradecer. Mesmo num deserto cercado de água, a água continua sendo o sinal mais evidente de vida.

Errâncias

"A Criação foi o primeiro
ato de sabotagem."
CIORAN

"Antes de ser um erro fundamental,
a vida é uma falta de gosto que nem a morte
nem mesmo a poesia conseguem corrigir."
CIORAN

1

Direção norte. Viajar de noite é um fascinante desafio. O luar daqui envergonharia a luz dos postes de Duala. Uma hiena lacrimosa que parece saída de um conto de Birago Diop atravessa furtivamente a pista. Mais adiante, um *dig-dig* (gazela anã) lança-se numa corrida que faz lembrar Ben Johnson. Arta, a réplica da capital administrativa, onde todos os mandachuvas do regime mandaram construir seus mausoléus na colina, dá uma piscadela para nós quando passamos.

Parada brusca. Um pássaro se estatelou no para-brisa, e meu guia, um intelectual que viveu anos na França e em outros países racionalistas, vê nisso um presságio: é preciso oferecer um sacrifício ao pedágio místico, o que consiste em colocar uma moeda no túmulo de um dos xeiques enterrados à beira do caminho há alguns anos! Dou risada. Ele não. Por mais que tenha assimilado os costumes de outras terras, permanece autêntico filho do país. Isto é, uma contradição viva, cujo espírito só é inteiramente racional se integrar de maneira cartesiana, em seu raciocínio e seus comportamentos, uma boa porção de irracional... Ao observar seu ritual, penso nas palavras de Amadou Hampaté Ba: "O africano é um crente nato, e essa fé inabalável é que lhe permite sobreviver e suportar as piores dificuldades".

Brotando dos alto-falantes abafados, a voz rouca de Bob Marley ressoa no veículo.

Tadjoura, na planície litorânea, capital do país afar. Uma hora da manhã e, ao entrar na cidade, a cena insólita. Tão insólita que me pergunto se não será efeito das duas latas de cerveja que tomei para espantar o calor. Cinquenta carneiros, tranquilamente, ou melhor, majestosamente deitados em toda a largura da pista. Dão a impressão de estar dormindo, não mexem nem a pontinha da pata. Fico furioso. Mandam que eu me acalme: é proibido tocar neles! Para esses nômades, que não comem peixe, embora nas águas do porto haja algumas das espécies mais raras do mundo, tal gesto provocaria um levante. O animal é sagrado.

É verdade, a cultura é uma mistura de mitos absurdos.

Então, nosso carro sobe na calçada e acha, como pode, um caminho.

* * *

Três horas na estrada. Aonde vamos? Até o fim do mundo? Do outro lado do globo? Até as profundezas da Terra? Plutão e Saturno, os planetas mais afastados do nosso sistema, não devem ser muito diferentes do lugar onde estamos: pedras, rochedos, resquícios do que um dia foram arbustos...

– Parece que sobrevivemos a uma guerra nuclear – comentei.

– Não, aqui é o começo da vida humana – responde Naïma. Saímos da estrada de Obock para tomar a direção oeste, até a fronteira etíope onde foi descoberta Lucie.

Descemos do carro. Ela me leva pela mão. E sinto pela primeira vez na vida a sensação de ser um bebê. O chão queima como se fosse lava. Estranhas vertigens. Imagino que Neil Armstrong teve os mesmos tremores ao pisar na Lua...

* * *

Quem não entrou no mar Vermelho às 3 da madrugada não sabe o que a palavra "magia" significa. Fincada acima da montanha, a lua espia você, divina e diabólica. Na pedra ao redor, o eco amplia estertores, risos e gritos com a precisão de um *Pioneer* de trezentos watts. O corpo faz alvéolos luminosos na água, infinitas cintilações irreais e efêmeras. Este lugar que os autores das *Mil e uma noites* não conseguiriam descrever é a praia de areia branca.

Depois da noite passada ao relento nesta paisagem de sonho, acabo me convencendo de que sou um personagem de Wim Wenders.

Ao amanhecer, enquanto continuamos deitados na areia, o sol e o mar oferecem um espetáculo lírico que deixaria enciumado o mais competente responsável pela iluminação de um espetáculo.

* * *

Em direção a Obock. A pista dispõe de tesouros de imaginação para nos apresentar arabescos extravagantes. O mato é espantosamente louro. Os rochedos continuam lá, enigmáticos e misteriosos como os assassinos nos romances de William Irish.

Naïma explica:

– Todas essas pedras superpostas, cotidianamente humilhadas pelo sol e pela poeira, são a reencarnação da alma das pessoas que foram más em sua vida pregressa. Aqui estão expiando seus crimes!

Deus misericordioso...

A ladeira desce de repente, abrupta. Estamos fazendo menos de dez quilômetros por hora, mas o carro balança para todos os lados. A descida aos infernos deve ser menos cruel. O arcanjo Gabriel, que acompanha até lá os pecadores condenados, acharia que, perto disto aqui, a sua tarefa é igual à do mordomo do Príncipe de Gales!

* * *

Continuamos depois por cursos de água ressequidos e entulhados de grandes pedras no meio de montanhas de granito. O carro sofre, bufa, estertora às vezes como faria uma mulher estuprada ou um cão doente. O agnóstico que há em mim implora a divindade. E não paro de pensar que é preciso alguém ter dentro de si uma enorme dose de masoquismo para aceitar viver num lugar como este, porque Djibuti é com certeza uma piada geológica, e o mais provável é que Deus o tenha criado na noite do Sexto Dia, morto de cansaço, meio às pressas e sem rigor.

Pleno deserto: vazio, espaço. E raios de sol, que mereciam ser afogados pelo dilúvio! De repente, nessa imensidão povoada apenas de fantasmas e pesadelos, um homem; num espaço de dez metros quadrados, semeou não sei qual espécie de planta verde que ele se esforça para regar – com um conta-gotas.

Primeiro, não quero acreditar. Depois, penso que deve ser a forma mais refinada do humor local...

Explicam-me que não, simplesmente o nosso referencial é outro.

* * *

Obock, 50 quilômetros. Quatro camelos lúgubres parados no meio da rua. O motorista breca. Eles correm na nossa frente. Rígidos como a morte. São tão atrevidos que podem correr assim adiante do carro por quilômetros, sem pensar que seria menos perigoso ficarem parados no acostamento! Felizmente, eis que chega o pastor. Um velho afar de barba branca. Será que ele fugiu da filmagem de *O planeta dos macacos*? Parece: é calado, magro como um tubérculo saeliano, carrega um bastão – um autêntico personagem de Hugo Pratt. Avalio a distância que há entre nós, eu de bermuda rosa, óculos Vuarnet e mocassim da Éram. E pensar que nós dois somos negros, que ele poderia ser meu tio, que meu país fica a poucas horas de avião daqui! Ao vê-lo assim, diante de mim e ao mesmo tempo tão distante, tenho a impressão de que ele vem de outro planeta. Ele, aliás, deve pensar a mesma coisa de mim. E estranhar a cor da minha pele, do meu cabelo pixaim, do meu jeito. Nesse momento, sinto-me mais próximo de um camponês do Larzac francês que desse velho pastor.

Avançamos em direção à floresta de Mabla, no norte. Nunca vi reunidas tanta dureza, frieza, desolação, secura e beleza. Às vezes, dá para pensar que o inferno não deve ser muito diferente. E, logo em seguida, que o paraíso não está muito longe...

Em matéria de floresta, o que mais se vê são árvores estorricadas, arbustos sem folhas, cabanas de pedra superpostas, nômades que trazem o punhal na cinta como traje principal.

A árvore mais encontrada, o *kéké*, é praticamente uma piadinha vegetal que se tem na conta de um baobá equatorial.

* * *

O glutão que mora em mim está preocupado: o que se come aqui? Onde eles plantam? O costume é beber leite de cabra ou de camela e comer carne. Nos dias de festa, comem arroz que vem da capital.

* * *

Homens andam pela aridez violenta do espaço. Parecem insetos passando por cima de um lençol de óleo. Primeiro, a pergunta: o que um homem equilibrado pode estar procurando numa buraqueira como esta? O que pode justificar que o espírito humano, sempre vaidoso em qualquer ponto que esteja da terra, aceite a humilhação suprema de se acomodar com tal despojamento, com tal estado de quase ausência da gravidade? A imagem do homem das cavernas vem à mente. Logo seguida pela do homem do futuro, tal como a apresentam os autores de filmes de ficção científica. Tudo isso suscita anseios suicidas. Depois, lembrando a vida trepidante de nossas cidades atuais com suas multidões tintilando de angústia, de furores e ameaças, surge a dúvida. O despojamento e o ascetismo do local parecem subitamente a mais refinada forma de tranquilidade, quase uma nova etapa do conhecimento; o vazio revela a sombra interior do homem, o homem natural, descolonizado do culto frenético pela coisa. Uma infalível sensação de paz invade você de repente, e surge a ideia: esta é a melhor vida imaginável, fora das torpezas da modernidade, longe da ditadura do tempo apressado; *algures*. Vida sem grande movimentação, não muito diferente do que deve ser a morte – o que talvez facilite a inelutável transição.

2

Os roteiristas e diretores de filmes de terror têm muita imaginação. Bastaria que viessem com suas câmeras até as fontes de água quente próximas ao lago Assal para provocar o pavor. Ou então até as falésias rochosas de Obock – onde as vagas furiosas vêm se quebrar violentamente para acertar não sei quais velhas contas com a terra. Ou ainda filmar, num restaurante de Tadjoura, um almoço em que os artistas são as moscas nos pratos dos clientes, nos seus lábios, orelhas, nariz, dedos, joelhos... Bastaria exibir essas cenas para mostrar a forma mais sutil do horror e da angústia.

3

O lago Assal é um sonho em azul e branco, um sonho acordado. Desde os tempos mais obscuros da noite dos tempos, os viajantes das caravanas retiravam de suas profundezas o sal destinado ao reino da Abissínia. Ainda hoje, nesse cenário alucinante que nem Fellini nem Sony Labou Tansi teriam imaginado, a mais de 150 metros abaixo do nível do mar, os homens vêm aqui buscar o sal da vida. Na faixa prateada por onde passam os carros – isto é, em torno de todo o lago – o termômetro chega a 45°C. Parece que um sopro demoníaco foge das fendas da colina para purificar o lugar de toda mácula. Curvados como cipós torcidos sobre os sacos brancos, os homens trabalham de mãos nuas. Aqui, Saint-Exupéry teria expressado sua ideia de outro modo: o homem não se descobre apenas quando se compara ao obstáculo; revela-se também no desejo de domar o desconhecido, de criar novos parâmetros para integrar o inimaginável e melhorar seu cotidiano.

Visões

"Os espelhos deveriam refletir um pouco
mais antes de devolver as imagens."

JEAN COCTEAU

"O homem tem um defeito: ele pensa."

BERTOLD BRECHT

1

No começo era o verbo, sensual e meigo, caloroso e fulgurante; e o verbo era o desejo e dava início à vida unindo mulheres e homens cuja alma e cujo coração vibravam no mesmo compasso.

Esse ritual se chamava o *saxxaq*.

Ele continua a existir, apesar da moderna urbanização desvairada, no lugar onde vivem os afares. Faz parte dos tesouros do mar Vermelho que Romain Gary não teve a chance de ver. E quem não tiver assistido a uma sessão de *saxxaq* não pode pretender seriamente redigir um tratado de arte oratória.

Porque é mesmo da palavra que se trata. A palavra como ato poético, etapa derradeira da expressão espiritual e celebração suprema da volúpia da fala. "Casamento do verbo com a emoção corporal", como escreve Mohamed Aléo, o *saxxaq* é simplesmente (à primeira vista) uma maneira folclórica e colorida de fazer a corte a uma jovem com quem se deseja casar. A manifestação ocorre em geral durante a lua cheia. Na praça mais agradável do acampamento, quando os primeiros fantasmas da noite vêm espiar os vivos, rapazes e moças se alinham cara a cara para uma queda de braço dialética que, dependendo do talento dos atores, pode durar muito tempo.

Vibrantes de simplicidade mas cheios de malícia, esses jovens se encaram sorrindo, e seus belos dentes, de tão brancos, fazem a lua empalidecer. Ao redor deles, a multidão, sentada no chão, num véu de sussurros, está encantada por saborear durante algumas horas as tiradas e as pérolas que brotarão do desafio.

Com o coração cheio de resoluções virtuosas, a cabeça repleta de delírios, o corpo tocado por desejos turbulentos, cada rapaz está trêmulo. Ele vai ter de contar os segredos que palpitam em seu corpo e achar no fundo do cérebro os meios fisiológicos necessários para convencer a sua eleita da autenticidade de seus sentimentos por ela, da pureza de suas emoções também e, sobretudo, de sua capacidade para assumir as dificuldades da vida, enfim, o seu potencial para ser chefe de família. Nada fácil... Porque a jovem a quem ele se dirige não para de fazer as perguntas mais pérfidas, com a firme intenção de levar o pretendente a uma arapuca, propondo-lhe as mais cruéis ciladas (verbais).

– *Ó Mulher, sopro das trevas, venha comigo. Nenhum outro homem será capaz do amor que tenho por você.*

– *Impossível; já dei meu coração a Abih Baxa* [seu primo materno] *e lhe prometi meu corpo.*

– *Mas você merece alguém como eu...*

– *Como você sabe? Ele, eu já conheço. É fantástico. Já não se fazem mais homens como ele!*

– Venha comigo que logo vai perceber que não é assim. O seu Abih nem é capaz de imaginar o que ambiciono para você...

É claro que o referido primo não existe, e todo mundo sabe disso. A intenção é apenas sustentar o diálogo, avaliar os argumentos e o poder de persuasão do rapaz... A palavra passa de um parceiro para o outro. Cada um é apoiado por sua comunidade, que executa após cada réplica uma sequência de dança bem ritmada, em três movimentos de uma coreografia preestabelecida. Para apoiar as palavras e marcar o ascendente psicológico sobre o outro, um grupo pode entremear o diálogo com uma boa sessão de dança; os pés descalços martelam o chão num ritmo desenfreado, sincopado. Moças e rapazes se soltam, em movimentos muito ligeiros, flexíveis e elegantes. De uma originalidade capaz de impressionar qualquer coreógrafo zulu, essa ópera da selva intimidaria Maurice Béjart...

O debate recomeça minutos depois sob as ovações de uma multidão extasiada pelo frenesi e entusiasmo dos atores. Só termina com a capitulação de uma das partes. Na noite densa e escura, quando o vento esboça sorrisos irônicos, todos vão embora, levando a impressão de que esta terra ingrata acaba de inventar um novo hino à alegria.

2

Sete e meia da noite, no porto da capital. O muezim desafia a noite que chega. Os lampiões da cidade dão a impressão de um gigantesco e solene cortejo de tochas. A meus pés, ondas teimosas tentam em vão desviar para si o furor ronronante do trânsito. Impossível não pensar nos choques cosmogônicos da Criação ao ver de perto estas paralelas: a da cidade, tentando administrar sua silenciosa cacofonia, e a do mar, cujo mistério, neste momento, daria medo a qualquer fantasma.

* * *

Um navio de guerra francês batizado *Le Jules Verne* está nas águas do porto, pouco ligando para os olhares indiscretos de alguns desocupados. Como se trata de embarcação especialmente equipada para uma missão precisa, de um suporte perfeitamente visível da ideologia preconizando uma França que faz brilhar sua aura militar desde as águas de Dunquerque até as do oceano Índico, o nome *Le Napoléon* ou mesmo *Le De Gaulle* teria sido mais apropriado.

* * *

Na penumbra do meu quarto, faço o esforço (sobre-humano) de olhar os programas soporíferos da televisão oficial, cuja nulidade nada tem a invejar ao que é exibido no Congo ou no Zaire. Depois da publicidade de uma peça de teatro em somali, é apresentada a reportagem sobre uma "nova batida da polícia nacional": um bando de jovens vadios que viviam malocados perto da zona industrial da capital está atrás das grades. O jornalista comenta a eficácia das forças da ordem. Os policiais têm uma cara triunfante. Olhei bem na tela os "bandidos" em questão: dezessete/vinte anos. E com cara de gente boa.

Um deles resmunga algo que me remete, não sei por quê, a Sêneca: "Demos graças aos deuses, que não mantêm ninguém forçado na vida". Aqui, como alhures, quando o poder se vê ameaçado pelas falsas urgências de sua sobrevivência, sempre opta por remediar as consequências de uma doença social, deixando de lado (esquecendo) as causas.

3

Meio-dia.

Na escaldante areia branca, sob um sol tão raivoso qual marido ciumento, *kékés* – que mais parecem bonsais crescidos – se deitam e mostram sua misteriosa nudez. Camelos cheios de desdém passam devagar, soberbos e altivos como novos-ricos gabonenses. O sol nada mais é que uma meia vírgula de leite mergulhado num lençol imóvel de *khamsin*. O céu é azul, mas está cinzento. Nosso Land Cruiser estrebucha numa estrada esburacada que sobe para Khor Amado.

Abafamento atroz, pouco propício a manifestações. E é o momento que o amigo Omar escolhe para me apresentar preceitos básicos do seu direito consuetudinário, cujos benefícios são aqui muito apreciados.

Com a maior serenidade do mundo, ele chama isso o *Xeer* issa. E me remete aos textos de Ali Moussa Iye, jovem cientista político apaixonado pelo assunto, defendendo sem complexos essa espécie de código penal tradicional que ele nomeia sofisticadamente "o contrato social da democracia pastoral".

Do que se trata?

Tudo se baseia numa epistemologia bem audaciosa do direito. Seu substrato: criar um consenso regulamentar respeitado por todos que queiram viver juntos numa mesma sociedade; isso sem integrar previamente considerações "morais" na definição das regras que devem constituir esse denominador comum. Porque, aqui, a moral só será avaliada *a posteriori*, isto é, no respeito que cada um conceder ao regulamento básico.

O *Xeer* issa postula assim certo número de equivalências e rege a sociedade por meio de preceitos frios e rígidos de arrepiar os cabelos de quem tiver um espírito "racional". Antes de enumerar alguns temas dessas equivalências, vamos ouvir Ali Moussa Iye contar a lenda do *Xeer*.

> Há muito tempo, muito tempo mesmo, numa época ante-histórica em que os issa ainda não conheciam o *Xeer* nem sua organização atual, dois casais de nômades viviam num mesmo lugar. O primeiro possuía uma grande manada de touros e vacas. O segundo não tinha nada. A família rica, que vamos chamar de Reer Guelle, deu trabalho à outra, chamada Reer Raage, num contrato inteiramente verbal e sem testemunhas. Os termos eram os seguintes: a cada ano, os proprietários do gado ofereceriam uma vitela a seus "empregados" para que eles pudessem formar o próprio gado. E, é claro, receberiam casa e comida.
>
> Passaram-se anos, e o gado, sob a guarda de Raage e sua mulher, se multiplicou. Quanto mais trabalhavam, mais o desejo de se apropriar desses animais os atormentava. Aliás, eles se comportavam abertamente como se os animais lhes pertencessem. Certo dia, Raage e a mulher tiveram uma conversa.
>
> – Raage – disse ela –, veja esta bela manada. Fizemos todos os esforços possíveis para criar esses animais, trabalhamos muito para que eles se multiplicassem. Não temos o direito de tirar o mesmo proveito que os Guelle? Mas não: recebemos uma miserável vitela por ano, como se fôssemos mendigos. Nesse ritmo, estaremos muito velhos quando chegarmos a ter uma manada de verdade. Então, por que não reclamar uma parte mais importante desse belo gado?
>
> Dito e feito. A reclamação foi apresentada ao dono do gado. Indignação e recusa, como era de esperar. E indignação geral na aldeia, onde ninguém sabia do contrato firmado. O casal Guelle se pergun-

tava como provar o seu direito perante os camponeses, visto que, com a mesma veemência, a outra família afirmava o contrário. Convém lembrar que o *Xeer* ainda não existia e que nada estava previsto para resolver esse tipo de problema.

Felizmente, a sabedoria dos anciãos sempre encontra uma saída. Depois de pensar bastante, imaginaram um ardil para descobrir a verdade.

Primeiro, anunciaram a notícia da morte de uma pessoa importante da aldeia.

Depois da cerimônia improvisada de purificação do defunto, ordenaram ao casal Raage que carregasse sozinho o caixão, como manda a tradição, até o cemitério. Na realidade, o caixão não continha um cadáver, mas um homem bem vivo, de ouvidos atentos. Ele devia escutar com cuidado toda a conversa de Raage com a mulher. Durante o trajeto até o cemitério, os dois, que iam adiante dos outros, começaram a conversar.

– Raage – disse ela –, agora a sorte está lançada. Juramos para todos que o gado era nosso. Não dá para voltar atrás e desdizer. Temos de ir até o fim. Então, quando pedirem para você mostrar as cabeças de gado que nos pertencem, escolha as que têm manchas no flanco. São os animais mais fortes e mais fecundos. E não aceite outra coisa.

Assim lhe falava a mulher, quando chegaram perto da cova preparada para o defunto. Pousaram o caixão e se afastaram. De acordo com o combinado, era a outra família, os Guelle, que devia colocar o caixão no túmulo. Apesar da solenidade do momento, estes falaram daquilo que mais os preocupava: o gado.

– Está vendo, Guelle, o que eu temia aconteceu. Bem que eu tinha avisado desde o começo. Falei para separar e marcar a ferro as vitelas que cabiam a eles, a fim de não haver nenhuma confusão. Você confia demais nas pessoas. E deu no que deu. Agora, vamos perder o que é nosso.

É claro que todas essas palavras não caíam no ouvido de um surdo.

Depois das primeiras pás de terra para cobrir o "morto", os anciãos intervieram, seguidos de Raage, da sua mulher e de outros nômades. Mandaram Guelle parar, e um deles tomou a palavra.

– A vontade divina sempre surpreenderá os homens. Eis que hoje um ente querido nos deixa... Morreu subitamente, enquanto estávamos examinando uma questão de gado. E até agora não chegamos a uma decisão. Sua ajuda seria preciosa... Mas, enfim, foi a vontade de Deus! Submetemos-lhe nossa impotência e ignorância. Imploramos de todo o coração que se manifeste para nos esclarecer. Pedimos que revele a verdade por meio deste morto que ele chamou para si. Sua força não tem limites! Em nome de Deus, clemente e misericordioso, levanta-te, ó augusto morto, destinado aos prados eternos, e fala. Dá-nos da tua boca lavada de toda mentira a solução deste caso.

Para grande surpresa de quem não estava a par da artimanha, isto é, principalmente os dois casais em conflito, o morto abriu a tampa do caixão, se pôs de pé e falou. Contou aos anciãos tudo o que ouvira... Diante do povo assombrado, os sábios anciãos pronunciaram a sentença, e os mentirosos foram punidos. Foi nesse dia que os issas estabeleceram o *Xeer* para se precaver contra qualquer incerteza e estabelecer os direitos de cada um a fim de viverem em harmonia. O *Xeer*, código penal e constituição, arte de viver e de morrer, surgiu naquele dia. O sol nasceu no país Issa.

Tal é a lenda do *Xeer*.

A inexistência da noção de aprisionamento – de fato, como imaginar que se prive da liberdade de movimento o nômade, seja ele um assassino, e as pessoas que estão sob sua guarda? – tolda essa legislação fundada nos costumes de um suave halo de ingenuidade; mas, de acordo com a natureza dos delitos e dos fatos, o *Xeer* classifica suas técnicas de repressão em duas categorias que podem parecer de intransigente violência. A primeira, o *Xeerka Dhig*, ou leis sobre o sangue, reprime os ataques à pessoa por golpes, ferimentos ou morte. A segunda propõe reparação dos delitos referentes aos bens materiais (*Dhaqaaqil*).

"*Xeer waa xeer, Xaagaana lagama Tagoo*", explica Omar. Tradução: a lei é a lei, mas sem esquecer os acordos amigáveis. Depois ele enumera, seguindo minhas perguntas, alguns princípios indiscutíveis da justiça de seu povo:

– Um homem assassinado é "reembolsado" por... 100 camelos.

– Uma mulher vale só a metade, ou seja, 50 camelos.

– Se numa briga, por exemplo, você danificar o aparelho sexual do seu contendor (pênis e testículos), terá de "pagar" 50 camelas; se ele perdeu "apenas" os testículos, isso vai lhe custar 25 camelas.

– Uma perna direita inteira está avaliada em 15 camelas; a tíbia, em 5.

– Um dente incisivo superior vale 1,5 camela, ou seja, três vezes mais que um molar.

– Um olho "custa" de 14 a 16 camelas, dependendo de ser o direito ou o esquerdo, ou de a pupila ter sido tocada ou furada.

– Uma coluna vertebral danificada exige 50 camelos se a vítima ainda for capaz de procriar e 100 camelos se a procriação se tornar impossível.

– Os próprios camelos valem de 2 a 13 ovelhas, dependendo de terem entre um e seis anos. A camela custa uma ovelha a menos a partir de seis anos.

* * *

Indignado, escandalizado com esse modo tão materialista de ver o homem, comecei a apresentar alguns juízos de valor. Ora, julgar um sistema para nós tão estranho é assumir uma superioridade injustificável e tanto mais pretensiosa porque aleatória. Para ter direito à subjetividade de julgar, seria preciso sentir, de dentro, o sistema julgado; o que não é o caso do banto de passagem que sou.

Mas, depois de ter ouvido a explicação do funcionamento dessa democracia pastoral, sabendo que ela dirige a vida de grandes comunidades da mata, que ela costuma suprir na cidade as lacunas da justiça moderna ("Houve casos de seguros, por exemplo, resolvidos amigavelmente segundo os critérios do *Xeer*... Para grande satisfação das companhias seguradoras!"); como, depois de tudo isso, reler os *Princípios da filosofia do direito* de Hegel sem sentir desilusão, distância e até uma grande vontade de rir?

4

O profeta Maomé não foi o primeiro grande espírito a povoar o imaginário djibutiano. Bem antes dele, na noite dos tempos, houve todas as divindades egípcio-núbias e seus sortilégios. Imposta pelo imperialismo onírico árabe, a liturgia de Alá conseguiu, embora com dificuldade, afogar as inquietações primordiais dos homens. Vangloriando-se de trazer as mesmas vantagens das ideologias anteriores, conceitos filosóficos mais elaborados e brilhantes perspectivas cosmológicas. Verdade ou mentira, o que importa?

* * *

Num restaurante onde o cheiro de cominho, canela, *teff* e *hell* invadem o espaço, observo os bordados nas almofadas. Apresentam uma visão bem livre da cruz ortodoxa. Nada de interpretação precipitada, avisam os amigos. Embora o país conte com um punhado de cristãos irredutíveis, não se deve ver nesse desenho uma mostra de integrismo: trata-se apenas de um motivo decorativo. Aqui, Cristo fez menos adeptos e suscitou menos vocações que na vizinha Eritreia.

* * *

Duas mesquitas estão sendo construídas na capital, com ajuda generosamente oferecida pelos irmãos sauditas. Ao visitar as obras agora há pouco, tentei imaginar as suratas do Profeta em somali ou em afar. Seu idealismo sentencioso seria dificilmente traduzível nessas línguas de entonações tão ardentes.

* * *

No islã, explica-me o cádi, não é malvisto perguntar ao vizinho como vão as suas árvores. Isso significa, forçosamente, que é fácil cumprimentar alguém pedindo notícias da família.

5

Poucas mesas mistas nos restaurantes: brancos e negros vivem separados. E se ignoram soberbamente.

Poucos são os casais mistos que não se veem obrigados a escolher uma comunidade de integração. As relações entre brancos e negros não são más: são inexistentes. Os casais mistos devem, portanto, escolher um campo. Salvo, é evidente, raras exceções que existem para corroborar a regra.

Há, porém, um casal misto que dá certo. E parece até aceito por todo o mundo: é o do Ministério das Finanças. O ministro djibutiano tem um conselheiro técnico francês na antecâmara de sua sala. Mas ele jura ser um homem livre. "Nosso país só poderá se desenvolver com a ajuda externa", afirma. "A cooperação com Paris não tem segundas intenções."

Segundas intenções? Vamos ver. Embora a ajuda financeira proveniente de Paris pareça substancial, convém desmentir a lenda transmitida pela imprensa francesa segundo a qual este Estado vive essencialmente da ajuda indireta que lhe fornecem os milhares de franceses residentes aqui. Porque esta comunidade vive fechada em si. Quase todos os produtos que ela consome chegam sem passar pelo controle alfandegário, e é o seu exército que vem retirá-los dos contêineres no porto. A maioria da comunidade – inclusive os civis – se abastece nas lojas dos quartéis. Até o dinheiro gasto com o cinema fica nesses quartéis que estão por toda a capital. Como diz muito bem Ali, "a única grana que se tira dos franceses aqui, devemos às prostitutas etíopes do Bairro 2 e aos comerciantes iemenitas donos de bares...". Essa piada não é uma caricatura.

A maioria dos expatriados que polui o espaço rodando de jipe pelas ruas é em geral proveniente de meios menos favorecidos na França, que vieram buscar fortuna nos trópicos ou fazer o serviço militar. A atração do ganho ou o dever – incontornável alternativa. Suas opiniões políticas e seu comportamento de "novos-ricos" não lhes facilitam a inserção no tecido social desta micronação onde, paradoxalmente, eles querem vir morar! Os djibutianos ficam espantados com as façanhas realizadas aqui pela extrema direita metropolitana. Por isso diz Abou: "Não entendo. Eles, que não gostam de nós, são justamente os que fazem de tudo para ficar na nossa terra!".

* * *

Se não houvesse a faculdade de ignorar, o cotidiano aqui seria insuportável. Só os temperamentos insensíveis conseguem pairar acima da arrogância e do desprezo infligidos à população da capital pelos militares franceses (proporcionalmente, seus quartéis são mais numerosos em Djibuti do que em qualquer cidade da França). Seja qual for seu morador, o palácio do Eliseu insiste e não desgruda desta terra de pedras e de vulcões adormecidos. Motivos estratégicos e geopolíticos. Mas como estão iludidas as autoridades francesas se julgam estar protegidas das revoltas que agitam regularmente os Estados vizinhos; porque se trata dos mesmos povos, arbitrariamente distribuídos em fronteiras inventadas, e muitas vezes titulares de várias nacionalidades – recentemente houve batalhas ubuescas entre somalis, em Djibuti, provocadas pelos mesmos problemas que opõem esses grupos... na Somália!

* * *

A ostentação é usada como fator de sacralização, de legitimação do poder. O culto da grandeza pela aparência está, porém, em total inadequação com o que vivem no dia a dia os espectros que andam pela rua. Mas como achar um jeito de suscitar, nesses expatriados que se exibem com arrogância por trás dos vidros fumê do seu Pajero, a indispensável descolonização da mente que, só ela, poderá provocar sem violência as necessárias mutações sociais?

Nietzsche estava enganado: às vezes, não é o Estado o mais frio dos monstros frios, é a sua ausência. Ou a sua fraqueza.

* * *

Depois dos acontecimentos de 1967 durante os quais De Gaulle, em viagem oficial, recebeu como salva de honra uma saraivada de tomates podres diante da imprensa mundial, as coisas evoluíram depressa: o chefe da França Livre, que já havia visto o rumo da história mudar em outros territórios coloniais, decidiu acionar o movimento que, dez anos depois, levaria à independência. Mas, como já ocorrera antes na Argélia, seu pragmatismo esbarrou violentamente na obstinação cega de uma fração considerável da comunidade francesa que levava vida confortável nesta terra. Mesmo após o começo da contagem regressiva, certos iluminados continuavam a acreditar na perenidade da administração francesa. Certos de estarem carregando o *fardo do homem branco*, agarravam-se a suas esperanças e fechavam-se no exotismo. O Império se desmanchava a seus pés sem que percebessem, cegos que estavam pelo fanatismo de suas certezas. Quando, chegados além da própria loucura, entrincheirados na amargura e no medo, julgaram urgente salvar a pele partindo precipitadamente, apareceram grafites nas paredes das escolas afirmando: Território francês dos afares e dos issas = *Território fodido depois da Independência*. Esse curto *slogan* obscurantista, que não denota grande criatividade nem profunda reflexão, traumatizou muitos jovens djibutianos, assustados com a ideia de uma liberação absoluta; principalmente porque os exemplos pouco brilhantes dos países africanos mais antigos que estavam a caminho da independência e sucumbiram no negro abismo da miséria e da intolerância lhes eram mostrados com complacência por certa imprensa francesa desejosa de informar... Eis por que a nova geração é tão ferozmente ciosa da independência do país e pronta para cair no chauvinismo toda vez que se acusa o Estado de falha ou de incompetência.

* * *

Sem dúvida surpreso com o número de quartéis e outros redutos militares que pontuam este microscópico Estado, um jornalista francês deu à sua reportagem o título de: "A República de uniforme". Os oficiais locais não apreciaram a expressão, considerada exagerada e depreciativa. Ao percorrer a capital, não entendi os motivos da irritação deles: a presença agressiva dos jipes marcados com o símbolo azul-branco-vermelho soa como opção política, opção que parece provir de um longo cálculo estratégico e, talvez, econômico.

6

Ao conversar com Zeineb a respeito da atitude dos intelectuais, do exílio dos opositores obrigados a se refugiarem em Paris por causa de seu desacordo ideológico com o poder político, ela se zangou: "Qual oposição ideológica pode justificar que se deixe um país como este, onde tudo precisa ser inventado e construído? Ser opositor, para mim, é ir ensinar as pessoas da floresta a ler e a escrever. O resto é conversa fiada".

* * *

"O exército francês vela por nós há um século. Do que podemos ter medo?", pergunta Abou sem a mínima molécula de ironia no olhar.

E continua:

"Não temos nada. Nada além de pedras. No entanto, estamos melhor que vocês da África do Oeste [meus amigos djibutianos têm a estranha tendência a crer que a África do Oeste começa na Etiópia...], apesar de todos os seus metais preciosos, floresta e milhões de homens... Os ocidentais tomaram tudo isso de vocês sem dar nada em troca. Aqui, ao menos, mesmo tendo-se instalado, eles não levaram nada, visto que não há nada para levar...

7

O taxista começou a me contar uma história, entrando em alta velocidade num trecho perigoso. Tentei me agarrar no assento e pedi que ele repetisse. Tratava-se de um grande amigo seu: trinta e seis anos, duas mulheres e vinte e dois filhos.

– Como é possível?

– Ele tem um bom ritmo – responde-me, com um sorriso maroto. – Catorze anos de casado com a primeira, treze com a segunda.

– Deve ser muito rico...

– É, rico de filhos; ele é um simples funcionário.

– Como vai alimentar a família?

– Deus vai ajudar.

– Imagino que ele se sinta orgulhoso...

– Muito orgulhoso. E agora acaba de se casar pela terceira vez.

8

A estética aqui não chega até a culinária: eles comem tão mal quanto os ingleses, misturam tudo!

* * *

Aviso afixado num bar-restaurante da capital: "Recomenda-se encarecidamente aos clientes que não tragam comida nem bebida para cá". Sábia precaução, sem dúvida.

* * *

"Na nossa terra, a gente diz bom-dia até para as árvores", afirma Naïma. "É um jeito de mostrar que não custa nada perguntar como vai a saúde dos seres humanos." Sei... É claro, com o número de árvores que há neste deserto! Vá dizer isso a um gabonense com a sua floresta virgem.

* * *

Todas essas mulheres etéreas e luminosas, rebolando na rua como fadas noturnas! Sem ser fatalista, convém reconhecer que os esforços do homem, sempre tão gratuitamente sádico e escabroso seja em que latitude for, não podiam deixar intacta tanta beleza; aceitar isso seria indigno da inata maldade masculina. É uma pena, pois se o homem tivesse cruzado os braços diante de tanta graça e pureza, e se tivesse deixado essas mulheres assumirem sua aura e gozarem o prazer de seus corpos, Djibuti seria hoje um lugar mítico, um espaço de peregrinação.

* * *

Contam que, há centenas de anos, expedições mongóis vinham lutar contra as populações locais a fim de pescar em suas águas certo tipo de tubarão, que eles usavam para fabricar óleos afrodisíacos. Hoje, eles não precisariam lutar: com os costumes sexuais em vigor, o que não deve faltar por aqui é óleo afrodisíaco...

Múltipla e indivisível, a África será salva pelas mulheres. Tive a convicção disso em Dacar, Bamako, Harare ou Nairobi. Em Djibuti, tive a certeza; elas participam mais dos grandes temas sociais – educação, saúde... Eduquem as mulheres, incentivem-nas para a instrução: a salvação virá daí!

Inquietações

"A esperança é a forma normal do delírio."

GILBERT KEITH CHESTERTON

"Morrer não é nada. Comece portanto por viver.
Não é tão engraçado e leva mais tempo."

JEAN ANOUILH

1

Falaciosa discussão de primazia: uma queda de braço permanente opõe os países árabes, que dão algumas subvenções, à França, essa "pátria-mãe" a quem a história "delegou" o pesado fardo do futuro do país. Motivo da briga: a língua escolhida como veículo da instrução. Os "irmãos" árabes desejariam que a língua de Maomé fosse escolhida como o principal vetor do conhecimento; ora, Paris, em nome da francofonia e de suas divinas atribuições na região, gostaria que a preferência fosse dada a Molière. Em nenhum momento, a discussão trata do conteúdo pedagógico. Vai ver que isso não passa de um microscópico detalhe...

Durante os últimos anos, os cooperantes franceses decidiram sozinhos quais cursos dariam direito a bolsas de ensino superior no estrangeiro. Resolveram, por exemplo, excluir todos os alunos voltados para a administração de empresas. Sabendo que a economia aqui é praticamente uma economia de negócios e de serviços, ou seja, mais de gestão do que de produção, cabe indagar quais as razões dessa escolha. A única evidente: os administradores franceses trazidos para todas as grandes empresas daqui dão conta do recado tão bem que é inútil pensar em substituí-los, um dia, por nativos!

* * *

Aboubakar afirma que a desilusão é tão grande que os jovens diplomados procuram cada vez mais deixar o país. Sonham com a terra dos brancos tal como veem na televisão. Coitados! Se tivessem escutado Pierre Perret, saberiam que, sob todas as latitudes, o preto é a cor do desespero.

* * *

"Não produzimos nada, importamos tudo", proclama com arrogância esta moça. E acrescenta, com a mesma tranquilidade: "Não pode imaginar o prazer que sinto ao fumar os Marlboros que vêm de Paris, ao passo que, em Libreville, eu estava condenada a fumar os Marlboros fabricados na África Central, mofados e sem sabor".

* * *

Um gerente que trabalha numa empresa de hotelaria, hospedado com todas as despesas pagas num belo apartamento do Heron, saiu de férias por dois meses e deixou os aparelhos de ar-condicionado funcionando dia e noite. Com certeza ele não sabe quanto custa a eletricidade aqui.

É verdade que essa empresa, meses depois, teve de despedir dezenas de empregados, em virtude da má gestão das despesas gerais. Os costa-marfinenses e os gabonenses não têm o monopólio do esbanjamento nem do absurdo.

* * *

Por mais que isso contrarie os colaboradores exaltados do *La Nation*, ainda não se pode manter aqui a ilusão de uma economia confiável.

De fato, o país tentou ao máximo propor seus trunfos: a criação de uma zona franca na capital; a instauração da total liberdade de câmbio; a inserção na zona dólar por meio da moeda forte e conversível; a adoção de um código dos investimentos em dois regimes, cujas exonerações do imposto fundiário podem ir até dez anos; a liberdade de instalação para qualquer homem de negócios estrangeiro, bem como a facilidade de repatriar os lucros; a ambição de tornar a capital o principal acesso marítimo num mercado regional de mais de 70 milhões de habitantes (Etiópia, Somália, Arábia Saudita, Omã e os dois Iêmen).

Além disso, o país procurou logo adotar infraestruturas de base que fariam inveja a Estados maiores e mais "antigos" quanto à experiência com a independência: a rede de telecomunicações daqui é uma das mais modernas do continente, e a malha rodoviária nacional, embora tenha apenas alguns milhares de quilômetros, envergonharia qualquer saeliano.

Mas não é porque o telefax funciona melhor em Djibuti que em Bamako ou em Iaundê que devemos nos iludir com as aparências. A economia aqui – ou, mais exatamente, o que é revestido desse prestigioso vocábulo – está 80% baseada nas atividades de serviços, o que dá um ar fantasmagórico à estrutura do produto interno bruto. O setor primário, que faz viver em média 75% da população na África Central ou do Oeste, é praticamente inexistente. Frutas, legumes, *kat*, enfim, tudo o que cresce é praticamente importado da Etiópia, em troca de muitas divisas e acarretando um dos mais altos custos de vida da África.

Enquanto me espanto com isso, membros do governo se espantam... com o meu espanto; eles não são responsáveis pela geografia e afirmam ter feito o máximo para desenvolver a agricultura. Se, apesar da boa vontade, fracassaram, nem por isso perderam o sono, que, aliás, deve ser bem pesado: o tão oficial anuário estatístico, cujo conteúdo nada tem de poético, lembra a cada ano que, numa superfície de 2,32 milhões de hectares de terra, apenas 6 mil são cultiváveis, e menos de 2 mil, cultivados.

Que seja. Basta, aliás, encontrar o olhar silencioso e a silhueta alucinada de Doualeh, o grande estatístico local, para avaliar o peso da inevitável fatalidade. Mas, o que dizer, em contrapartida, da estratégia suicida que consistiu em apostar tudo em atividades tão voláteis como a intermediação, sobretudo numa região politicamente instável? O sistema nervoso deste Estado foi por muito tempo o porto autônomo da capital. Criado no tempo em que Paris administrava (oficialmente) o Estado, a fim de ser base de trânsito para o interior etíope e efetuar o transbordo de algumas cargas que mudavam de navio aqui, este porto vem, há anos, perdendo importância.

Já em 1967, o fechamento do Canal de Suez por Nasser suprimiu a sinecura de divisas constituída pelo transporte marítimo de grandes cargas. Em seguida, quando os líderes da "revolução" etíope decidiram com razão incrementar o porto de Assab para economizar o dinheiro regularmente pago a seu pequeno vizinho, a quantidade de mercadorias em trânsito para Adis-Abeba foi caindo progressivamente.

Os dirigentes djibutianos, que sem dúvida não tinham entendido com Raymond Aron que a história é trágica, entraram em pânico diante dessa ingrata evolução das coisas antes de empreender a modernização do porto.

Sauditas e kuwaitianos deram mostras de uma fraternidade espiritual muito interessada no negócio, concedendo com facilidade empréstimos cujas parcelas de reembolso, mais tarde, pesaram muitíssimo no orçamento...

Ao conversar com Ali, empregado do porto, pareceu-me que, a partir de agora, a resignação deve ser o código de conduta. "Nosso trabalho consiste em assumir, cada qual no seu cargo, a ilusão que este porto encarna daqui em diante", afirmou ele. "A ambição, num lugar assim, é biodegradável; pois logo se percebe que a rentabilidade é apenas uma abstração que nos ajuda a acreditar no amanhã..."

> – O senhor pode imaginar? – indaga-me um homem de negócios. – Só mesmo um doido varrido vem instalar uma indústria neste país; para começar, a mão de obra qualificada é rara, logo, muito cara; depois, a energia é caríssima, o que sobrecarrega o custo de fabricação. Por último, há uma taxa sobre todas as matérias-primas que somos obrigados a importar. O mais grave é que não temos as mesmas chances: certos comerciantes dão um jeito de não pagar as taxas, o que favorece suas margens de lucro... Está duvidando? Caminhões pesados costumam sair do porto, em plena madrugada, fora das horas de expediente. Por quê?

Com ares de velho intelectual hindu, A. H. C., um dos diretores do porto a quem exponho tais preocupações, diz com a maior calma do mundo, entre duas baforadas de cigarro: "Os homens de negócios não estão bem informados. Nossa empresa não é responsável pela legislação fiscal...". E quanto aos caminhões-fantasma:

> É um procedimento legal previsto em regulamento. Certos produtos refrigerados, por exemplo, não podem ficar armazenados em nossos locais. E cada um pode desembaraçar sua mercadoria quando desejar, de dia ou de noite. Basta fazer o pedido. Naturalmente, todas as instâncias (inclusive a polícia) do porto são informadas.

Ah é?

Então, quem é responsável pelo sistema? Ninguém quer afirmar com clareza. Vou até o ministro das Finanças.

Túnica branca, barba grisalha, olhar malicioso e aliciador, o homem tem o aspecto de sábio e o contato tão afável que quase dá para esquecer que ele é, antes de tudo, um político. Ao me receber no seu grande escritório com poltronas de couro branco, faz o jogo da transparência e prefere elevar o debate para o nível filosófico no qual julga poder me despachar com facilidade.

> – É normal que as pessoas se queixem – diz ele. – Mas não esqueça que somos um Estado muito recente, cujos únicos recursos são pedras e homens; estes carecem quase sempre de formação; e seus hábitos culturais não os prepararam para a função pública nem para os negócios... Em tais condições, a felicidade não faz parte da ambição de viver; mas o ascetismo, sim, por causa da parte de desilusão que ele comporta e do hábito para o pior que ele implica... A originalidade de nossa situação é não termos ilusões, não sonharmos acima de nossas possibilidades.

* * *

Um único liceu, nenhuma universidade, e a taxa de 99% de abandono escolar no secundário. Falta de recursos? Ninguém acredita nisso. É mais um obscurantismo deliberado por meio do qual o poder político espera limitar – ou retardar – os problemas decorrentes do desemprego dos diplomados. Na realidade, um mau cálculo, já que são precisamente os jovens diplomados os mais aptos a criar empregos, sobretudo num ambiente tão hostil.

* * *

Não dá para contar o número de universitários – muitas vezes bolsistas do governo – que ao retornar ao país natal não conseguem emprego. Ficam zanzando pelos corredores ministeriais como zumbis, até que um primo bem colocado consiga a nomeação de um deles como seu assistente, e ambos terão como ocupação principal... bater papo. De fato, a palavra é o ato de existir mais concreto nas civilizações africanas. Concreto, sim, mas será "suficiente"? Será proporcional à ambição de viver que anima esses povos?
Sem dúvida, mas ainda falta definir o nível dessa ambição...

2

Os colonos franceses tiveram a habilidade de manter cada uma das grandes tribos numa zona geográfica bem definida. O plano de urbanização adotado após a independência apostou numa integração geral – pretensão dos Estados africanos de sempre se fixarem objetivos que não têm a vontade real de atingir nem, *a fortiori*, os meios para juntar as energias e canalizá-las nesse sentido. Certos bairros foram preparados e criaram-se novas zonas urbanas. Se essa política pôde iludir durante certo tempo, estimulando a mistura entre diferentes componentes da população, ela não conseguiu, porém, resolver o espinhoso problema da moradia. Quando se sabe a importância da casa para o africano – completude da realização pessoal e sustentáculo da ordem social –, fica mais fácil avaliar a extensão do desastre. Encontrar hoje na capital um apartamento de dois quartos mais ou menos decente está fora do alcance do orçamento de 75% dos djibutianos! Felizmente, por pudor ou por demagogia, o Estado continua a fornecer habitação para um número significativo de servidores públicos (sobretudo professores). Até quando?

Paris pressiona o governo a fim de obter uma contenção dos gastos públicos. Principal setor visado: o sistema de proteção social, que garante a quase gratuidade da maioria das despesas médicas elementares com a saúde. Mas como suprimir esses direitos adquiridos sem provocar tumulto? Quando se manteve durante tanto tempo as pessoas fechadas na miséria espiritual do assassinato, deixá-las cair brutalmente equivale a despojá-las de sua identidade; é uma fuga para diante indecorosa, um assalto cínico de sonhos bem modestos.

3

Assunto muito preocupante: a má gestão que parece tornar-se regra nas altas esferas estatais. Todo mundo me falou disso. Uma minoria de personalidades bem conhecidas detém as principais riquezas e conta com esquemas importantes no seio do aparelho de poder. De fato, o que pode haver de mais banal? Tal funcionário cujo salário mensal não excede 100 mil francos é proprietário de imóveis recém-construídos, cuja origem do financiamento ninguém conhece. Tal responsável da segurança obtém (sem oferecer garantia) grandes empréstimos dos bancos, esses mesmos que se recusam a financiar um projeto de construção de escolas particulares, cuja importância e rentabilidade são evidentes. Tal político mandou construir gratuitamente uma bela mansão pelos cooperantes chineses, a quem ele consegue que sejam entregues todos os contratos públicos importantes no setor da construção... Exemplos não faltam.

Ao me relatar com muitos detalhes essas histórias que os escandalizaram, meus amigos djibutianos esperam que eu vá contá-las em todos os jornais do mundo, para que a opinião internacional reaja, obrigando esses governantes a um pouco mais de atenção...

Não tenho coragem de ironizar tanta inocência. O que ouço aqui, já vi e vivi em outros lugares, sobretudo na África, onde a ausência do quarto poder elimina qualquer limite para a loucura dos homens que mandam.

Mas como lhes explicar minha fraqueza? Como confessar meu desânimo sem chocar essa fibra muito sensível que os faz viver e que se chama fé? Vi coisas demais para ainda crer; o nascimento, em nossas latitudes, logo fica com jeito de Dien Bien Phu, se quisermos olhar as coisas de frente. Mas como ir ao extremo de lhes propor o desespero como objetivo? Como sugerir que se ajeitem com o furor, com a tristeza, com a infinita melancolia que é a da vida nos trópicos?

4

Com os olhos pousados sobre a trama da história que se dilui, eles tentam perseguir o horizonte. Refugiados políticos ou econômicos vivem na dependência de ilusões. Quantos são eles? Vinte, trinta, quarenta mil talvez? Vêm da Somália, da Etiópia ou do Iêmen, carregando seu destino a cada tropeço do tempo que passa.

Africanos, eles buscam a África. Humanos, eles fogem do homem. Mortais, eles se recusam à passividade da morte, preferindo viver, apesar de tudo. Então, com ou sem saco de dormir, sob uma tenda rasgada em Ali Sabieh ou nas montanhas nuas de Tadjoura, eles imitam suas próprias utopias. Com o ouvido colado no solo para perceber algum tremor nas entranhas da Terra, folheiam os dias suportados, esperando encontrar, no espaço, um raio de luz que lhes anuncie algo diferente da escuridão.

Eles vêm da sombra. As desgraças sofridas são idênticas, e todos eles são almas errantes, anônimas.

A urgência, para eles, é irrisória: o tempo acelerado é uma brincadeira de não iniciado. Sua vida é cortante, tão afiada como navalha; mas o único erro deles foi existir numa época e num lugar não adequados, pois não são terroristas nem assassinos. O silêncio é seu campo de definição – os mais sortudos foram alçados à categoria de estatística pelas organizações internacionais. A precariedade e a incerteza são, para eles, o essencial e o permanente; e a fuga, sua forma mais elaborada de poesia. No rosto, têm a ternura da pedra. Como falam pouco, é por seu olhar que se percebe a quadratura do círculo: o cotidiano é para eles um roteiro que se esvai. O conceito amavelmente engraçado de "hospitalidade africana", eles já não acham divertido: não têm lágrimas para desperdiçar no riso; preferem deixar essa angélica beatitude a africanistas retrógrados, a guias turísticos ocidentais em busca de mitos, enfim, a todos os humanistas primários que se obstinam a crer num paraíso terrestre africano. Eles são refugiados: gente sem sorte cumprindo uma pena de exílio no pântano amargo da marginalidade; diferentes de seus congêneres pela dificuldade que têm de postular a hipótese de viver.

5

Uma hiena nada *sexy* aspira o ar diante de um cemitério de tumbas anônimas. Enquanto em nosso país cultiva-se a memória dos ausentes a ponto de torná-los às vezes mais presentes que quando em vida, aqui, a palavra do Profeta estabeleceu que o tempo dedicado aos mortos é um tempo morto. Morrer não preocupa, já que o corpo volta a ser a poeira que era antes que o Todo-Poderoso lhe insuflasse a luz. A morte pode ser dominada, digerida e esquecida, porque ela restitui o eu do sujeito a seu legítimo proprietário: Alá.

Logo, não existe aqui um código de conduta para indicar o falecimento. Não porque o fato de pôr luto seja vergonhoso ou doloroso, nem que a morte seja obscena; antes de Freud, eles já tinham compreendido que a morte pode provocar nos que ficam um sentimento de culpabilidade. A higiene mental a ser feita consiste, ao contrário, em não assumir de modo ostensivo o ritual e a dramaturgia do luto como costumam fazer os cristãos. Não há, portanto, necessidade de uma prática simbólica para liberar o subconsciente. A desculpabilização que, nas civilizações bantas, faz passar o cadáver do estágio de materialização de uma dor angustiante ao de uma lembrança feliz, celebrada anualmente pelo sacrifício de um caprino, ocorre aqui simplesmente pelo esquecimento. Como Alá chamou para si quem ele nos havia "emprestado", não há necessidade de manter num cemitério essa imortalidade sincrética que enriquece os comerciantes de coroas mortuárias em Duala ou Abidjã. É por isso que os túmulos são anônimos.

* * *

Quando o pai agonizava, Mozart teria escrito, como consolo, que a morte é "a melhor amiga do homem". Qualquer djibutiano concordaria com essa expressão.

6

Em geral, não sinto aversão por ideias absurdas. A de Abou me divertiu por sua simplicidade de sábio.

– Do ponto de vista ideológico, político, militar ou econômico, nós, africanos, perdemos a batalha de nossa época e provavelmente dos séculos futuros – afirmou ele. – Inútil tentar reagir com os mesmos meios, como fizeram os índios da América do Norte: seríamos destroçados e os sobreviventes confinados em reservas. Vamos evitar a destruição de nossos povos e subverter a civilização ocidental suavemente...

– Como?

– Tendo filhos! O maior número possível... Eles irão morar na Europa. Com nossa taxa de procriação, aposto que, no momento do tricentenário da Revolução Francesa, haverá mais africanos e magrebinos na França, por exemplo, que os franceses atuais. Pronto! Mais nenhum problema de integração nem de racismo, visto que os herdeiros da xenofobia serão minoria. E a nós caberá examinar sua cidadania!

Visão ingênua, mas (bastante) maluca do nosso presente.

7

Se perguntarem aos djibutianos como eles veem o futuro do país, não haverá resposta, porque a religião proíbe que se façam prospectivas. "O amanhã a Deus pertence", dizem com o habitual ar enigmático. Das falésias de Obock às choças desengonçadas de Ali Sabieh ou de Dikhil, qualquer viajante pode avaliar a precariedade das coisas. Principalmente se tiver, por temperamento, o fatalismo dos bantos.

Há lugares assim, que incitam à modéstia. Lá se percebe melhor a dor de existir, bem como o lado patético de toda tentativa de sobrevivência. A pessoa já não se sente necessária à marcha do mundo; ou melhor, cada um se descobre como realmente é: uma ficção absoluta, uma dispensável irrealidade tão ridícula quanto esses "valores" atrás dos quais a África galopa desde tempos imemoriais.

Esse novo nascimento não tira, no entanto, o apetite de existir. Só que a gente tem menos motivos para exagerar. Fica-se inapto à trepidação, à falsa pressa, e menos sujeito às ilusões quanto ao poder do homem.

Djibuti manda você de volta para a inconsciência, dinamita o ego, desmistifica a noção de *essencial*, obrigando ao silêncio, ao despojamento. O ser humano nasceu em algum lugar por ali, no Rift Valley. Não carece de teses de historiadores nem de buscas arqueológicas para se convencer disso: basta caminhar descalço pela beira do lago Assal ou na floresta de Mabla e escutar as pulsações do coração – as ressonâncias ouvidas vêm de antes do nascimento, bem além da história da vida vivida.

Ao sentir isso, tudo parece medíocre e fútil. Tanto a miséria e o sofrimento quanto o ódio. Um alívio semelhante ao orgasmo expurga da cabeça toda sensação negativa e todo desejo de agressão. E é aí que se experimenta a felicidade verdadeira de uma sensação de plenitude total: a de ser apenas um mortal. Isto é, pouca coisa, e o prazer tranquilo de ser apenas isso.

Djibuti-Paris-Duala, julho e agosto de 1989

[illegible]

lugares além que [illegible] moderna. [illegible] melhor a [illegible] [illegible] tentativa de sobre [illegible] [illegible] de mundos ou [illegible]

[illegible]

1ª edição agosto de 2011
Diagramação Casa de Ideias | **Fonte** Chaparral Pro | **Papel** Luxcream 70 g/m²
Impressão e acabamento Yangraf